KB140334

미장센

도서출판

작가마을

사이펀의 시인들 ②

미장센

초판발행 | 2017년 12월 15일 2쇄 발행 | 2020년 4월 10일
지은이 | 송 진 기획 | 계간 사이펀 주간 | 배재경 펴낸이 | 배재도 펴낸곳 | 도서출판 작가마을
등 록 | 2002년 8월 29일(제 2002-000012호)
주 소 | 부산광역시 중구 대청로 141번길 15-1 대륙빌딩 301호
        T. 051)248-4145, 2598 F. 051)248-0723 E. seepoet@hanmail.net

ISBN 979-11-5606-142-7 03810 ₩12,000

※ 이 도서의 국립중앙도서관 출판예정도서목록(CIP)은 서지정보유통지원시스템 홈페이지
   (http://seoji.nl.go.kr)와 국가자료공동목록시스템(http://www.nl.go.kr/kolisnet)에서
   이용하실 수 있습니다.(CIP제어번호 : CIP2020013877)

본 도서는 부산광역시, 부산문화재단 지역문화예술특성화사업으로 지원을 받았습니다.

사이펀의 시인들 ②

미장센

송 진 시집

새벽 세 시 보리수 아래

경허가 기다리고 있다

— 어린 나에게 맛있는 토란국과 쌀밥을 지어주신
故 이삼순 외할머니께 이 시집을 바칩니다.

2017년 12월

송 진

송진 시집

• 차례

미장센

2부   부토니에르

송진 시집

4부   이후의 시간

송진 시집

미장센

6부   인간의 얼굴

제1부

플레인 베이글

피아니스트

누군가 훌쩍이고 있다
검은 건반이
그의 가느다란 새끼손가락을 찾고 있다
또 다른 누군가 훌쩍이고 있다
흰 건반이 그의 엄지손가락을 찾고 있다
검은 건반의 젖은 뒷머리 뒤로
흰 건반의 미역처럼 바싹 마른 긴 머리카락이 지나가고
있다
누가 누구에게든 누구였다
누가 누구에게든 누구일 수밖에 없었다
검은자위가 흰자위를 자위하고 있다
흰자위가 검은자위를 자위하고 있다

네가 앉았다 간 자리 참 따듯하다

이제 자리가 잡혀가고 있어

그 말이 여름의 귀를 삼킬 때
목젖에서 미지근한 젖이 흘러나온다

어디서부터 어디까지 너의 이야기를 시작할까
동그란 간이의자 밑, 점선 잘 찢어지지 않는
두루마리 휴지처럼 너는 앉았다 간다

네가 있는 줄 알았으면 햄버거 조금 남겨둘 걸 그랬어

햇빛 알러지 피부 물방개처럼 톡톡
가지는 가지 빛깔로
꽈리는 꽈리 빛깔로

네 말이 반가워
시멘트 마당에 널어놓은 고추의 빨간 구두를 만지작거
리는
너의 팔을 부드러운 연잎밥처럼 감싸지

그래?
고래.

무뚝뚝한 포경의 꽃이 피고 지는 사이
옥상에 감귤이 익어가는 사이
잠지에는 네가 장난처럼 물고 간 물고기 이빨자국 남아

네가 앉았다 간 자리
불두화 360도 회전하고

이제 자리가 잡혀가고 있어
그 말

참
듣기 좋다.

금박

.

왜 이 단어에 꽂혔을까
좁은 대청동 골목의 휘어진 목을 열 번도 더 오가면서
화랑금박이라고 적힌 간판을 올려다본다
전봇대만큼 큰 붓이 천막 차양 한 가운데
불거진 좆처럼 덜렁덜렁 매달려있고
한물 간 비디오테이프들이 턱하니
너덜너덜한 허벅지 걸쳐져 있는
세일 골목의 반짝이는 눈동자
금박가루조차 보이지 않는 골목을
왜 이리 애착하고 애정하는가
목소리 큰 아빠들이
번질거리는 아기들을 호떡처럼 안고
다니는 거리에 발을 삐꺽,
이제 한의원을 찾는다
기다란 침이 발목 위를 불꽃처럼 수놓을 것인데
그게 금박이라면 금박,
오늘의 운수다

우리 coffee 한 잔 같이 해요

봄밤이잖아요 소나무는 병충해에 시달리고 다람쥐는 꼬리가 잘리지만 우리 그렇지 말아요 봄밤이잖아요 이제 다시는 돌아오지 않을 시간 무엇을 망설이나요 우리가 내일 감옥에 들어가고 고문에 혀를 잃고 그러면 나 그리고 당신 서로 차 한 잔 해요 말 할 수 없잖아요 수화가 있고 바디랭귀지가 있지만 우리, 혀가 우리 몸에 붙어있을 때 순하게 말해요 영화도 짧은 목이 보여주는 영화만 봐야하는 시대가 온다면 우리는 혀를 어떻게 관리해야 할까요 짧은 목도 혀가 없으면 짧은 목이 아니라는 걸 우리, 커피 한 잔 해요 혀가 입천장을 뚫고 나가려고 해요 여기 방금 로스팅한 짐바브웨 빼주루가 있어요

닭, 보름

새해 새벽

현관을 지키는 개 물먹는 소리가 들린다

분홍빛 혀를 안으로 말고 재빠른 동작으로 물을 흡입하
고 있을 것이다

가만히 고여 있던 물은 잠에서 깨어나 새벽의 찬 공기
를 느끼기 전에

어떤 익숙한 그릇에 담겨 낯선 혀에 빨려 들어가는

자신의 몸을 태아처럼 웅크리고 있을지도 모른다

실체의 달력들은 평화롭게 흘러갔다

걸어놓을 벽이 없을 뿐

워웡

현관을 지키는 개의 새벽이 깨는 첫 울음소리였다

마치 방금 태어난 태아의 울음처럼

기대했던 우렁찬 울음은 아니었지만

개의 성대는 개의 성대의 역할을 충분히 이해하고 있었
다

그렇지 못한 술주정뱅이들의 술병들이 옥상에서 땅바
닥으로 떨어지고 있었으므로

길가는 아이들이 다치지 않았지만

안전방어그물이 푸른 입김으로 번져가고

지나가던 개들이 흘깃흘깃 옥상을 올려다보며 비실비
실 걸었다

새벽 창문을 볼링장처럼 활짝 열어둔 까닭은 오직 하나

보름달이 너무 컸기 때문이다

저 달이 집안으로 들어오려면 체중계가 필요하겠지만

세 개의 창문은 세 개의 달을 품고 있어

영하의 겨울에도 얼지 않은 잠을 잘 수 있을 것이다

플레인 베이글

과 진한 아메리카노. 그가 빨간왕관커피전문점에 도착하면 늘 주문하는 메뉴다.

그는 여름바다축제 파도 위에 둥둥 떠다니는 동그란 튜브처럼 먹기 좋게 두 조각으로 나누어져 있는 베이글에 포말 같은 크림치즈를 펴 바르며 이중 창밖을 내려다보았다.

P시 기차역에서 멀지않은 N중심지는 화요일 오후 네 시이지만 걸어가는 사람들의 어깨가 부딪칠 정도로 붐비고 있다. '걸어 다니는 마네킹 도로'라고 그는 늘 하는 버릇대로 생각나는 문장을 혀로 움직이다 침과 함께 꿀꺽 삼켰다. 피서철에 흔히 있는 일이야. 그는 혼자 말하고 혼자 고개를 끄덕이는 그를 보고 피― 피체리아 피자 같은 웃음을 흘러내렸다. 베이글은 곧 연주를 앞둔 잘 닦여진 피아노 건반처럼 깔끔한 맛이었고 진한 아메리카노는 허기진 배를 기분 좋게 해주었다. 그리고 건조한 식도를 촉촉하게 해 주는 일이 커피의 본분임도 잊지 않았다.

그가 어떤 작은 결단을 내릴 때에는 (서가에 꽂힌 마음에 쏙 드는 책을 발견해 그 책에 남은 오후 시간을 쏟기로 하는 그런 자잘한 일상의 결정들) 숨소리가 힘이 센 가스불에 삶기다가 터진 메추리알처럼 약간 거칠게 부풀어 오르고 두세 번 연거푸 숨을 몰아 내쉬기도 해서 옆에서 공무원 기출 시험문제집을 보던 남자가 흰자위가 더 많은 눈으로 힐긋거렸다. 그의 혀는 해바라기 씨앗을 보고 달려가는 햄스터처럼 즉시 반응했다. '계란 흰자는 흘러 흘러 어디로 가지?' 라는 문장이 방금 그의 침샘에서 빠져나온 침과 버무려져 목젖으로 흘러 내려갔다. 그의 목젖에서 꿀꺽 소리가 났고 그 소리는 그가 앉아 있는 작은 메추리알 같은 공간을 달걀의 방에 들어선 하얀 책벌레가 어리둥절해 하는 것처럼 느껴지게 했다.

지금 그가 생각해도 그의 결단은 참으로 어리석은 것이었다. 그 결단은 딸의 전화벨 소리에 절대로 놀라지 않겠다는 단호한 결심이어서 그도 의외인 듯 조금씩 놀라움을 생메추리알의 하얀 양수막같은 속껍질을 까듯 깨닫고 있는 중이었다.

그는 레너드 코헨의 'Nancy'를 길고 여린 아기의 핏줄 같은 이어폰으로 듣고 있었다. 그에게 어떤 일이란 늘 동네에 있는 작은 서점에서 일어났다. 엄마-엄마- 어떤 아이가 등 뒤에서 끊임없이 엄마라고 부르는 것이었다. 돌아보았지만 책에 둘러싸여 아무도 보이지 않았다. 다시 엄마-엄마- 소리가 들려왔고 그는 칭얼거림도 아닌 오래된 애정결핍에 의한, 집착이라고 말해도 좋을, 그리움처럼 부르는 슬픈 목소리에 조금 불안해진 탓에 오른쪽 엄지와 검지로 읽던 책의 귓불을 만지작거렸다. 서른 두 번의 엄마-라는 소리 후 그의 옆을 지나는 그 아이는 놀랍게도 그의 배꼽 정도 오는 키를 가진 두 볼이 넓적하고 통통한 남자아이였다. 분명 여자아이 목소리였는데······ 비바람 치던 날 경사길에 놓여있는 어두운 다락방 가까이 고양이 울음소리가 아기의 울음소리와 같았을 때의 소름이 혹-돋았다. 그는 그의 두 가지를 생각했다. 한 가지는 그가 엄마-라는 목소리를 왜 여자아이라고 단정했는지에 대한 그의 내면의 지각현상에 대한 고뇌의 결과물인 심리적인 것이었고 또 하나는 사춘기가 끝나가고 있는 것처럼 보이는 중학교 2학년인 딸에 대한 인내심이 점점 줄어들고 있다는 슬픈 자각이었다.

플레인 베이글은 손끝에서 사라졌고 이국의 푸른 눈 스님 같은 진한 아메리카노 향기도 차갑게 식어있다. 앞에서 서로 팔꿈치를 만지작거리던 앳된 소년소녀들도 어디론가 사라졌고 빨간왕관지붕은 몇 달 전 참석했던 G결혼식 웨딩홀 지붕처럼 활짝 열리지도, 새털구름이 흘러가는 푸른 하늘에 노랑 파랑 빨강 풍선이나 하얀 비둘기가 날아가지도 않았다.

중복의 저녁은 이미 실금이 가기 시작했다. 형광등은 안구건조증으로 자주 깜박거렸고 선풍기는 어깨날개에 통증이 심한 듯 미간에 세로주름을 만들었다. 삐거덕거리며 길고 두꺼운 목을 백팔십도 회전하고 있다. 사실 그건 회전이라기보다 스스로 마지막 호흡을 책임지려는 확고한 강박증처럼 보였다. 콘크리트 건물이 식은땀을 흘리며 엄마- 엄마- 부르고 있다. 그는 작은 동네 서점의 막혀있는 콘크리트 벽 바깥이 맑은 날 찍은 춘천댐 사진처럼 선명하게 잘 보인다고 상상해본다. 오래 전 죽은 주황색 가사를 걸친 단짝 친구 영미가 황금빛 부적을 팔러 온다고 점점 그의 팔의 소름들이 느끼기 시작했다.

접시꽃

시체를 끓인다
이 시체는 나를 알고 있다
나도 이 시체를 알고 있다
그런데도 나는 시체를 끓인다
너무하지 않은가
된장찌개도 아니고
썩은 냄새가 동네마다 번진다
한 시간 반 만에 세 구를 끓였다
곰솥 손잡이는 떨어져 나갔지만
시체는 개이치 않았다
시체를 썰이는 내 손목을 꼬옥 잡아주었다
다정한 추깃물
흰장갑 흰손 흰소 흰말 낳네

등꽃

그는 바지춤 사이에서 애써 팬티를 꺼내 보여준다
브래지어도 같은 보랏빛
여기는 참 친절한 낯선 곳
언제 내가 사는 곳이 이랬던가
레몬 속 깎아 지은 집들
울퉁불퉁한 근육들 즙처럼 뿜어져 나오는 곳
귀밑머리 부스럼 은하수처럼 만져진다
아직도 따스한 사람들이 보랏빛 팬티를 열고 닫는다

너무 지나치게 느리지만
너무 지나치게 느리지 않게

　강아지야 내가 하는 말 알아들었지 짖으면 안 돼 갤럽
인구조사가 나온다하더라도 너는 어차피 개새끼이고 네
가 짖는다고 해서 너를 인구분포지도에 그려 넣어주지도
않을 것이고 말야 너의 성대는 너무나 깊고 아름다워서
꼭 지키고 싶어 너의 성대가 처음 배우는 아이의 바이올
린 소리처럼 낑낑대지만 곧 좋아질 거야 늘 사는 건 그랬
잖아 바다를 지날 때 너는 머리를 쓰윽 밖으로 내밀었지
큰 귀가 팔랑이고 너의 자랑스러운 성대는 워워워 바람을
향해 짖었지 바람은 바람대로 이루어져 바람의 뭉치들이
달려와 너의 머리를 떼어갔지 머리 없이도 너는 워워워
잘 짖었고 차량 속의 사람들은 머리 없는 너를 바라보느
라 바다가 심심했지 바다야 꿈속에서 늘 너를 찾았지만
너는 등산객의 부드러운 손길을 따라 가 버리고 심심해진
바닷새들이 조개를 물어오곤 했지 피조개는 피조개대로
피를 흘리고 얼룩조개는 얼룩조개대로 얼룩말을 키웠지
가끔 바람이 바람을 움켜쥐고 맨발로 달리는 날이면 워워
워 너의 피 흘리던 이빨이 떠올라 그 이빨을 내가 진즉 빼
줬어야 했는데 강아지가 강아지의 이빨을 빼니 치과들이
모두 슬퍼했지 벌거벗은 마네킹의 행렬이 땅끝마을까지

이어지고 검은 삼베의 하품들이 해남으로 이어졌어 늙은
이빨들이 줄 길게 늘어서서 양로원 이발을 하는 것 같은
행렬이었지 이제 네 이름을 제대로 불러보네 안녕 개새끼
야 진도대교 사장교 꼭대기에 올라가 오줌을 누면서 두
손으로 확성기 만들어 나도 개새끼다 소리 지르면 어느새
바지는 서해노을에 젖어 젖어

누군가 내 옆에 누워 앓았다

낙엽들이 무덤처럼 쌓여있고 나는 그 무덤 속으로 한없이 빠져 들어갔다 시침이 흐를 때마다 핏방울들이 사방으로 흩어졌다 머리 안에 화산이 들어있어 밤새 누군가 내 옆에 와서 끙끙 앓았다 친구의 입마름병을 낫게 하기 위해 나의 간을 바위 위에 올려놓은 것에 대한 비웃음을 당할 때였다 괜찮아 이번 생에 비웃음을 당하였으므로 내일의 시간이 좀 더 좋아 질 거야 무명의 절들이 시내로 내려와 부처들의 녹취록을 건네주었다 밤새 누군가 이마 위에 차가운 물수건을 올려주었다 당신이 누구인지는 모르겠지만 당신을 챙겨줄 사람이 이렇게 없는 거예요? 궁금해진 나는 궁금증을 참지 못하고 기어이 입 밖에 그 말을 꺼내어 사랑방문 손잡이에 걸고 말았다 그 말은 나 자신에게도 건네는 말처럼 들려와 왈칵 눈물이 쏟아졌다 정말 예상치 못한 눈물이었다 눈물이라는 것 그처럼 아름다운 물방울이 내 몸 안에 남아있다니 학교 간 아이의 돼지 저금통에서 천원을 꺼낼 때처럼 조심스러웠다 약국에는 결국 안 가겠지 병원도 역시 안 갈 거야 그럴 시간에 커피포트에 물을 끓이고 몇 알의 커피를 머그잔 안에 띄우고 향기로운 시간을 기다리겠지 창밖의 낙엽은 물들고 떨어지고 낙엽은 자신의 할 일을 알아서 잘 하고 있을 거야 아무리 아파도 병원은 안 가 누군가 이마 위에 올려놓은 물수건이 뜨거워지면서 툭, 한 마디 내뱉었다 오늘은 4시에 광화문 집회 가야하는데 병원에 안 가면 안가에라도 끌려갈지 모르는데 지금이 어떤 시대인데 그런 말을 하냐고 누군가 끙끙 앓으며 웃는다 그런가 나는 중세시대의 사람인가 나는 영국인인가 나는 스티븐 호킹인가 영국의 정원처럼 아름다운가 나의 시간은 아직 꿈꾸고 있는 정치인가 폭풍처럼 밀려왔다 지진처럼 갈라지는 아킬레스건의 만추 숨을 잘 쉬지 못하는 옆구리가 고개를 푹 숙인다 누군가 내 옆에 누웠다 목사가 지나갔고 신부가 지나갔다 자전거가 지나가고 오토바이가 지나갔다 말이 지나가고 소가 지나갔다 우리를 개돼지라고 부르던 그들이 지나갔다

귀

– 입추

매미 소리가 서쪽하늘 한 시 방향에서 동쪽하늘 세 시 방향으로 옮겨갔다

서걱서걱 풀 베어 먹는 벌레들의 모습이 생생生生하게 들렸다

풀의 향기가 온 몸으로 스며들었다

황령산

- 화상의 형식

도심의 소 한 마리가 밤 열두시 삼십분에 왜 강아지 사료는 팝콘이 안될까 과학의 정석을 펴들고 연구에 연구를 거듭하다 드디어 프라이팬에 올리브유를 두르고 실험에 들어갔는데 온 몸에 얼룩달록 얼룩소가 되었다 도심의 소 한 마리는 운동을 하기 위해 운동화를 신고 집 밖을 나섰는데 엘리베이터에서 만난 일층 남편의 남편이 몰라보게 예뻐졌군요 얼룩말 전신 가죽을 언제 구입하셨나요 얼룩소도 아니고 얼룩말이라니 이상한 일이군 도시의 소 한 마리는 알록달록 도깨비 편의점에서 생수 한 병을 구입했다 아름다운 얼룩말님 이 생수는 원플러스 원이니 한 병 더 가져가세요 도심의 소 한 마리는 고개를 가로로 저으며 길을 걸었다 배롱나무꽃들이 비에 젖은 보도블록 위에서 전쟁놀이를 하고 하얀 무궁화 꽃들은 보랏빛 무궁화꽃들과 길 건너 담장 줄장미가 시들어가는 모습을 보고 있다 도심의 소 한 마리는 생수를 마시며 걷고 걸었다 생수 속에 들어간 얼룩소 한 마리와 생수 속에 들어간 얼룩밀 한 마리가 서로 멀뚱멀뚱 바라보고 있다 도심의 소 한 마리는 송전탑이 있는 산등성이를 향해 걷고 또 걸었다

빈부의 차

누군가 저에게 밤을 주었습니다. 그 밤은 생밤이었습니다. 밤을 혼자 오래두었더니 밤사이로 길이 생겼습니다. 그 길을 따라가 보았습니다. 해바라기가 어른거리고 선박들이 어른거렸습니다. 밤은 자꾸 톱밥을 토해냅니다. 톱밥을 모아 다시 입 안에 넣어주었습니다. 다시 토해냅니다. 등을 두드려주고 싶은 감정이 생겼습니다. 왜일까요. 저는 로봇입니다. 죄책감을 모르도록 프로그램 되어있는 로봇입니다. 죄책감이라는 단어는 이 세상 어디에도 존재하지 않으니 기억할 필요가 없다고 하더군요 백과사전로봇 검색창에 죄책감이라는 단어를 입력시키니 '배불리 먹고 푹 잠을 자는 것을 일컫는 말'이라고 비밀문서보관함이 통역해 줍니다. 누군가는 누군가에게 밤을 주지 않고 왜 저에게 밤을 주었을까요. 삶은 밤을 주어도 받았을 텐데 왜 생밤을 주었을까요. 어차피 저에게 삶은 늘 깜깜한 밤입니다. 작은 구멍도 생기지 않는. 해바라기는 까불까불 까불거립니다. 저는 그 모습이 보기 좋아 껌을 씹으며 딱딱 턱관절을 움직여봅니다. 턱관절은 여전히 딱딱거리지만 조용한 혁명은 이제 시작인 것 같습니다. 전들 알 턱이 있나요. 턱이 그렇게 말하는 걸 좋아한다는 것만 알고 있죠. 제 친구의 친구의 친구인 해바라기가 낳은 씨앗은 인간의 시적詩的이거나 사적私的인 입술을 덮어씌우기에 좋은 복면일 뿐이죠.

수실 달린 테이블보

식빵 A, B, C 세 조각이 커피포트에 물을 끓인다 식빵
A가 커피를 꺼내고 식빵 B가 머그잔을 꺼내고 식빵 C가
스푼을 꺼낸다 세 잔의 커피가 탄생했다 과정은 인간적이
며 해체적이며 단합적이다 식빵 C가 식탁의자에 앉아 냅
킨을 접었다 냅킨 한 장이 바닥에 떨어져 방금 식빵C가
뱉은 가래가 묻었다 식빵 B가 난로를 닦는다 난로 속의
새들이 식빵 B를 물고 난로 속으로 들어갔다 식빵 A가 하
늘을 올려다본다 개와 고양이 여우가 나타나 식빵의 멜빵
이 되어주겠다고 했다 식빵 A는 극구 사양했지만 그들은
식빵 A를 극에 살고 있는 흰 공에게 데려다 주었다 흰 공
은 당황해했다 나는 종일 굴러 다녀야해서 너랑 같이 있
을 수 없어 흰 공은 잠시 착각을 했거나 무수히 이런 일
에 시달려왔을 가능성이 높다 나는 아무 말도 안했는걸
식빵 A는 마치 식탁 위에 꽂힌 노란 손잡이의 십자드라
이버가 식빵 A의 사적인 살해 의욕처럼 느껴졌다 식빵 B
가 아름답게 반짝이는 금빛 난로를 들고 노크도 없이 사
적인 이해 공간 속으로 들어왔다 식빵 A가 은빛 가래를
삼키고 있는 중이라고 스스로 자른 혀를 손바닥에 올려놓
고 말했다 퍼덕이던 혀가 수실 달린 식탁보처럼 축 늘어

겼다 허리를 반듯하게 세웠다 마치 그 모습이 평행봉 위
를 달리는 고슴도치 같았다

분홍 패랭이꽃 접시에 담긴 호박고구마
3분의 2의 알몸, 반쯤 짓이겨진 딸기
그리고 스물 네 개의 포도알

 저녁 시간은 넉넉한 거니? 끊임없이 붉은 원숭이처럼 다가오는 사과의 사과. 너에게 말을 거는 존재는 이불을 뒤집어쓰면 보이는 거인의 홍채. 그 속에 빛나는 설국. 고요 속에 빛나는 태양. 누군가의 손이 이불을 벗기고 다시 이불을 뒤집어쓰고 베이비 베이비 나의 베이비 이불 밑은 뜨거웠어. 손길이 닿을 때마다 움츠려드는 꽃잎들. 저녁 식탁의 불빛에 은은히 비치는 백자꽃병은 깨어지기 쉬워. 거인의 입안에 들어간 엄마의 반지처럼 굴러다니는 포도알 한 방울의 눈물로 가득 채워지는 꽃병 속의 물. 옴비사르카다비카 옴비사르카다비카 비의 겨드랑이여! 주문을 외는 마녀는 어김없이 죽음의 비를 부르고 녹물은 흘러내려 녹물은 흘러내려 분홍빛 패랭이 접시의 찢어진 가로의 시간을 항문부터 물들인다.
저 년 시간은 넉넉한 거니?

38

보리심

  할머니는 옥수수를 좋아했습니다 그러나 할머니는 이가 없어 옥수수를 씹을 수가 없었습니다 할머니는 옥수수 한 알 한 알 뜯어 잇몸으로 씹었지만 곧 잇몸이 퉁퉁 붓고 헐었습니다 할머니는 가마솥에 옥수수를 넣고 하루 이틀 사흘… 삶았습니다 옥수수 냄새가 온 나라로 번져나갔습니다 구수한 옥수수 삶는 냄새를 맡고 할머니의 집을 찾아오는 사람들이 하나둘 늘어갔습니다 할머니는 옥수수를 삶았습니다 죽을 때도 옥수수를 삶다가 죽었습니다 할머니 장례식을 보기 위해 전국에서 사람들이 모여 들었습니다 모두 할머니의 옥수수를 한 번 쯤 먹어봤거나 옥수수 냄새를 맡아본 사람들이라고 서로 소곤소곤 거렸습니다 입관을 하기 위해 사람들은 할머니를 꼭 껴안았습니다 그 때 할머니가 살짝 미소를 띠었습니다. 미소 띤 입술 안으로 옥수수 같은 이가 황금빛으로 빛났습니다 장례식에 갔던 사람들도 장례식에 갔던 이야기를 들은 사람들도 옥수수를 삶을 때면 언제나 해바라기 한 줄기 같이 넣어 삶는다고 합니다 그러면 이 없는 백성들이 먹어도 잇몸이 벗겨지거나 곪는 일이 없다며 그 비법이 지금까지 마을에서 마을로 전해져 내려오고 있다고 합니다 저녁 아홉시 뉴스를 보다 답답할 때는 어디를 걸어가나 따스한 눈길로 쓰다듬어 주는 듯한 해바라기를 볼 수 있는 까닭이 바로 할머니의 옥수수였다니요 참으로 고맙습니다 옥처럼 맑고 수수한 보리였을 것 같은

나의 이름은 금기

- 화상의 형식 13

모래사장에는 세 명의 아랍여성들이 달빛에 푸른 싹 틔운 물비늘처럼 웃고 있다 두 명의 여자 아이들이 샴쌍둥이처럼 모래사장에서 일어섰다 누웠다를 반복했다 한 여자가 일어나 금강경을 암송했다 한 여자가 일어나 꾸란을 암송하였다 한 여자가 일어나 구약성서를 암송했다 어떤 수녀가 지나가면서 뜨개질 실과 대바늘을 어디서 파냐고 물었다 한 여자가 달빛 촉촉이 젖어 있는 모래사장에 맨발로 조용히 들어가 가부좌 틀고 참선에 들어갔다 한 여자가 이동 화장실에 들어가 전신수영복 부르키니를 입고 나왔다 한 여자가 실오라기 하나 걸치지 않은 알몸으로 천천히 오후 여덟시 삼십분 사십 오초 사의 바다 속으로 걸어 들어갔다 샴쌍둥이 같은 두 명의 여자아이들이 서로의 갈래머리에 모래를 끼었으며 킥킥 웃었다 황금들녘에 내려앉은 해오라기의 하얀 날개처럼 해맑은 웃음이었다 어떤 수녀가 뜨개질 실과 대나무 바늘을 들고 달맞이 언덕 위의 집으로 올라갔다 난향 같은 보름달은 출항한 안개처럼 짙었고 난향의 이름은 금기라고 적힌 현수막이 생일요트선착장에 먼저 도착해있다

미장센

너의 연기는 압권이었어 너의 순진한 염소 같은 눈을 클로즈업하는 감독의 재치라니 가만..가만...재치..그 정도의 말은 아쉽지 감독의 깊이라고 할게 너의 눈동자에서 뭔가를 발견한 거야 오래전부터 짝사랑한 아이의 몸짓을 흘깃흘깃 바라보듯 그건 자연히 끌리는 거지 순진한 염소의 눈동자에서 분노한 곰의 눈동자까지 푸르고 노랗고 불그스름하게 다가가는 고성능 카메라의 렌즈 밀착될 때마다 빠르게 흩어지는 수천수만 개 필름의 입자들 감독은 알고 있었지 지독한 사랑에 빠진 영화광이 있다는 것을 그리고 좌석 하나를 슬쩍 잃어버린 지갑처럼 비워둔 거야 간이의자도 서너 개 있었지 인생을 진주처럼 사랑하는 법에 대해 배우지 못한 간이 의자들은 영화가 끝나자 허기진 허리가 접혀 직원들의 부드러우면서 억센 손가락 마디에 이끌려 질질 무대 밖을 나갔지 진정한 투쟁의 시간이 시작되었다고 할까 삶의 이탈자처럼 가장 큰 쾌감을 맛보는 순간들이지 서글프면서도 원하기도 했던 것 같은...그러나 막상 다가오면 왜 나에게만...별별 생각에 빠져 잠시 상사화처럼 흔들리는 그럴 때면 꽃무릇을 생각해 꽃무릇의 꼿꼿하게 서있는 아름다운 붉은 무릎을, 부드러운

이슬 같은 손수건으로 얼굴을 닦아주고 있다보면 감독의
무릇무릇한 사인이 지나가고 배우의 지친 어깨가 지나가
고 어쨌든 클로즈업 되는 너의 눈동자는 붉게 물든 염소
의 눈동자 무대 위 분홍 볼캡을 쓴 감독은 보이지 않지만
하얀 철제 테이블과 의자는 무릎을 펴고 당당하게 서 있
지 영원한 제복을 입은 군인처럼, 감독과 무대와 배우와
그리고 음악이 빠질 수 없지 싸구려 와인도 에스프레소와
믹서커피와 맹물까지 영화를 위해 건배 클로즈업 될 때까
지, 빠르게 지나가기, 빨주노초 물들이기, 때로는 흑백으
로 때로는 뿌연 쌀뜨물처럼 흐려지기 멋진 미장센이야 슬
프고도 아련한 과거의 아득한 지점에 데려다주는

비의 속눈썹이 하늘로 당겨 올라갔다

숲이 자라고 있었다
나무늘보가 나무늘보를 껴안고 있었다
금빛도끼가 웅덩이마다 저녁밥을 짓는 중이었다
곱슬곱슬한 쌀밥이 곧 도착할거야
비에 젖은 숲이 으스스 몸을 떨며 사슴에게 말했다
구수한 우거짓국도 도착할거야
우체국 직원은 별이 하얗게 비명을 지를 때까지
도착하지 않았다
그래도 숲은 말없이 자라고 있었다
어느 날 금빛도끼가 저녁식사에 초대했다
같이 식사하시겠어요?
나무늘보가 금빛도끼를 껴안았다
그 바람에 오른 팔이 스으윽 베이고 말았다
그 바람에 나무늘보는 왼손으로 식사를 마쳐야했다
그래도 숲은 말없이 자라고 있었다
드디어 물고기역에 사는 집배원 직원이
몇 개의 통나무 역을 지나 무사히 도착했다
몇 장의 쌀밥과
몇 장의 국을 껴안고

그 바람에 우리는 입맛에 맞는 국을 먹을 수 있었다

그 바람에 나무늘보의 왼손이 바빠졌다

그래도 숲은 말없이 자라고 있었다

말없이 자라고 있다는 것……

그 몇 장의 문장들이

가장 배고팠다

생어그스틴에서 생맥주를 마시다

일요일이었다
모두 아름다운 시간을 보내고 있었다

컵이 있었다
물이 있었다
얼음이 있었다
무엇을 마실까
어떻게 마실까
선택이나 비율을 고민할 필요가 없었다
물은 물대로
컵은 컵대로
얼음은 얼음대로 노을을 즐기고 있었다
바보같이
나만 그 생의 비밀을 모르는 사람 같았다
나만 그들을 바라보고 있는 사람 같았다
마시다의 행위의 손잡이를 분홍장미 목줄기를
엄지와 검지로 지긋이 누르고 있는 사람 같았다

감자칩은 바스락거리는 투명필름에서 빠져나와

은빛 포크에 부서지는 노을이 되었다

노을의 코와 턱 사이에 낀 다섯 시 이십일 분 사십팔 초
의 저녁 해는

진주 눈물 또는 계란 흰자위

또는 타원형 욕조로 재생되고 있었다

토요일이었다

모두 아름다운 시간을 보내고 있었다

장마, 그 잎새의 탄력성

- 협동조합의 날

두두두두두둑
두두두두두둑
휘리리리릭
휘리리리릭
부르르릉
부르르르릉
휭휭휭
부아아아아앙
부아아아아앙
뜩뜩뜩뜩뜩
통통통통통

컴퓨터 자판과 물방울 소리와 새소리와 새벽의 입김과 사
람의 목소리와 휴대폰 신호음과 승용차 화물차와 트럭과
레미콘과 굴삭기와 오토바이 소리가 어우러져 퓨전음악
이 펼쳐진다

빗방울은 잎사귀에게 탄력을 받고
잎사귀는 빗방울에게 탄력을 받고

자판기는 손가락에게 탄력을 받고
손가락은 자판기에게 탄력을 받고

그것은 생명을 부여 받는 것

그것은 진정한 목소리를 부여 받는 것

누구의 간섭도 아닌
스스로의 무늬

빗방울 wwwwwwwwwwwww
바퀴자국 %%%%%%%%%%%%%%
새소리 totototototototototototototo
자판기 wkwkwkwkwkwkwkwkwkwkwkkwkw
잎사귀 &&&&&&&&&&&&&&&&&&&&&&&&
손가락 ttttttttttttttttttttttttttttttttttttttttttttttttttttttttttttttttttttttt

이어지고지워지고이어지고지워지고이어지고지워지고

대롱대롱 매달려 서 있는 얼룩무늬.

마지막 모성

날씨가 추워지면 무엇을 먹나요 빕스에는 홍시가 디저트로 나왔어요 콩쥐는 급하게 아몬드와 올리브와 샐러드를 월남 쌀국수에 집어넣었어요 먹고싶다고 다 먹지는 못하지요 흰 젖이 줄줄 흘러내리기 전에 집에 도착해야 했어요 그 아까운 젖을 쯧쯧 할머니 쥐가 한 말씀하셨죠 아기 쥐들이 달려와 젖꼭지에 이빨자국을 남겼어요 팥쥐는 시험관 아기가 무럭무럭 잘 자라고 있어 더 바랄 것이 없다고 했어요 젖꼭지에 후시딘 연고를 바르며 생각했지요 콩쥐의 젖은 다 어디로 간 거지? 아기 쥐들은 이불을 걷어차며 보송보송 잘 자고 있었어요 달님도 빙그레 웃어주었죠 콩쥐의 젖은 다 어디로 간 것일까요 콩쥐는 한 방울도 먹은 적이 없는데 쯧쯧 할머니 쥐가 말했어요 옛날 옛적에 콩쥐와 팥쥐가 살았지 아기 쥐에게 흰 젖을 꼬박꼬박 잘 주는 흰 쥐들이었지 사람들은 그것을 마지막 모성이라고 불렀지 아기 쥐들은 이불을 덮어주지 않아도 감기에 걸리지 않고 무럭무럭 잘 자랐단다 쯧쯧 할머니 쥐가 말했어요 또 한 말씀 하셨어요 그 아까운 젖을 쯧쯧

제2부

부토니에르

이 순간이 너무 경건하여

물조차 마실 수 없었다 복사기에서 흘러나오는 수달은
미끈한 몸매를 갖고 있었지만 성관계를 가질 수 없었다
그건 불법이 아니었다 우리의 성관계는 이미 동물적인 포
식자들에 의해 합법적 조치를 받았고 그 합법적 조치는
많은 수달들을 모성해방 부성해방 소년소녀가장해방의
행렬로 이끌어내는 환호와 비난을 동시에 받았다 전자파
들은 오직 한 소녀에게 황금외투를 입히기 위해 태어난
사자들의 무리 같았다 환호하는 무리들 앞에서 끝없이 으
르렁거렸고 이탈하는 자에게는 목에서 분수 같은 피가 솟
구쳐 오르게 하는 일가견을 갖고 있었다 어제는 소서였고
작은 더위였을 뿐이지만 폭염이라 여긴 황금외투소녀의
입김에 의해 엄청난 위력을 가진 도깨비방망이가 대서양
과 태평양을 돌아다니며 지각변동을 일으켰다 수달은 흔
들리지 않았고 복사기에서 흘러나온 수달과도 좀 더 합법
적 성관계나 모성해방 부성해방 소년소녀가장해방을 위
한 목록을 짜기 위해 톱을 높이 들어 발목을 자르고 손목
을 자르고 톱을 낮게 들어 누구나 부러워하던 고독한 코
와 복숭아 같은 혀와 구리 같은 입술과 아연 같은 귀를 베
어냈다

소한小寒

　그즈음, 나는 담배를 피우기 시작했고 술을 갖다 날랐
다

　서점은 바뀌어 있었다
　일층이 이층으로 이층이 일층으로
　너무나 교묘히 바뀌어 있었으므로 고객들은 아무 것도
모르는 거미의 걸음으로 공중을 걸어 다니거나 올려다보
았다
　책은 폭죽처럼 쏟아지거나 튀겨지는 팝콘처럼 사방으
로 흩어졌다
　음악코너가 어디예요?
　바로 여기.
　무뚝뚝한 뚝배기에 넘치는 불그스름한 단어는 유쾌하
지 못한 국물이 뚝뚝 떨어지는 듯한 교묘한 자음과 모음
들로 이천 십 칠년 새해 넷째 날을 비켜나가고 있다
　새해의 입술은 과장한 듯이 붉게 크게 바른 여중생들의
틴트,
　서가 속에서 숨바꼭질을 했다
　나는 가느다란 손가락처럼 생긴 담배를 검지와 중지 사

이에 끼웠고 그건 어딘지 모르게 음란스러워 보였다

그즈음 나는 여장을 하기 시작했고 담장 밖에 죽어 있는 장미처럼 검고 앵무새 깃털 달린 모자의 리본처럼 푸른 언어를 찾아다녔다

진입금지라 적힌 에스컬레이터는 고요했다
죽은 시체의 무릎 같았다
삐걱일 것 같지만 삐걱이지 않는
기다릴 때는 죽은 자의 시간과 다름없었다 사실 나의 생활은 초미세먼지를 따라 중국으로 흘러갔다 러시아로 넘어갔다

서점의 영화가 시작되려면 네 시간 삼십분을 기다려야 했다
지금 다정해 보이는 저 연인들은 철제테이블에 붙어 앉아있는 두 마리의 파리.

없는 피를 수혈하고 빵과 우유를 나에게 먹였다
그건 소가 양이 되는 화면의 순간과 겹쳐지기도 했다

웅덩이의 물이 들숨을 쉬다가 날숨을 쉰다
옛 역전 H거리는 축제의 빛으로 더럽혀지고
검붉은 하트는 싸구려 스웨터에 뒤섞인 촌스러운 반짝
이 같았다

겨울 북곰 세 마리가 일자리를 구하고 있었다
지저분해진 붕대 손가락으로 모래 속에 뭔가 찾고 있었
다
담배꽁초 속에 들어있는 마지막 한 모금의 달콤하고 씁
쓰레한 물고기를 포기하지 않은 채
바다의 식탁 위 초콜릿들의 하얀 거품들
파도가 칠 때마다 온 몸이 젖곤했다

그즈음 나는 한 줄기 침묵처럼 옷을 벗었고 월드클리닝
으로 걸어 들어갔다
그것은 시간의 흐름과 다른 점이었고 합의점이었다
크로뮴산 혼액이 출렁거렸다

드문드문 거리의 모자들이 거리의 풍선들이
거리의 인형뽑기가 거리의 문어들이

끈적끈적 칡의 바다 납빛 같은 수평선
지친 유람선의 기름들

이분법으로 나누어진 정류소 공사가 끝난 뒤
안내방송이 고장 난 버스들은 길을 잃고 경적을 울렸다
아스팔트는 검고 큰 지네처럼 내 몸 위를 훑고 지나갔
다

어쩌면 수많은 추위들이 깨진 타일 속의 청포도처럼 뼈
아프게 흘러갔을지도 모를 일이다

부토니에르

오래 달력의 빈 칸을 쓰다 보니 달력의 빈 칸의 빈칸의 빈 칸까지 쪼개 쓰는 장작의 기술이 늘었네 기능이랄까 기저랄까 기념이랄까 글쎄 무엇이든 바구니에 담으면 금방 아름다운 초록의 꽃바구니 기억의 장애를 지우며 기억의 감각이라 할까 기억의 광장이라 할까 그런 귀한 잠자리들이 무명 이불을 들고 찾아오네 나는 서러움 바느질된 무명이 좋아라 불현듯 두려움 사라진 무명이 좋아라 무아도 좋고 무상도 좋고 무성도 좋아라 각질과 물집 뒤범벅된 눈물의 발뒤꿈치 노란 민들레 피고 말더라

복합감정을 갖춘 상점의 문을 두드렸다 오가는 사람마다 물을 얻어갔다 아이스크림은 녹아 강을 이루고 김밥은 하늘을 뒤덮었다 옥황상제가 김밥의 줄을 세고 있으니 오늘 밤 별보기는 어렵다

하모니카와 기타와 리코더에게 여유의 안부를 묻곤 하는데 그 많은 여유들은 뱀사골 숲 속 여우들의 무리처럼 지리산 옥수수를 구워먹는다 우리는 늘 수수하고 수여하거나 수거하는 너의 짧은 왼쪽 팔은 방금 생의 본질의 재

료를 쏟아 부은 땡볕 물렁한 아스팔트 위로 걸어가는 허
리가 기역자로 꺾여 온 몸이 디귿자가 되어버린 아이스크
림처럼 슬퍼서

　늘 서둘지 장미는 늘 느리지 백합은
　장과 미가 만나 코사지가 되는 시간들은 조화로워서 백
과 합

* 부토니에르 : 단춧구멍에 꽂기 위한 꽃이나 장식구

공정무역 바나나

1. 봄

눈이 올 듯 한 오늘은 미세먼지가 많은 오늘은 황사가
짙은 오늘은 안개가 낀 오늘은 철탑인지 송전탑인지 보이
지 않는 오늘은 엄지검지에 살굿빛 밴드 둘둘 두르고 백
오십 년 된 분홍회전의자에 앉아있는 오늘은 감자탕 냄새
가 배여 있는 빨래가 참 많은 오늘은 세탁기가 탈수하다
말고 퉁퉁거리며 불만을 포효하는 오늘은 모차르트가 작
곡한 음악으로 나를 건드리는 오늘은 노란 카스텔라 같은
솜털과 사랑을 나누는 오늘은 차마 올 수 없는 오늘은 커
피와 바나나의 길이로 너를 건드려보는 시답잖은 용기의
오늘은 끝내 돌아오지 않는 오늘은 끝내 마주할 생각이
없는 오늘은 끝내 돌아서지 않는 오늘은 검은 커피 한 잔
에 붉게 담긴 눈물, 방울의 오늘은 검은 석류와 검은 바
나나를 맞바꿀 수 있는 석유의 오늘은 모차르트야 발칙한
모차르트야 울 엄마에게 왕관처럼 생긴 석류입술 좀 갖다
주렴 그러면 지저분한 라벨도 좋아할 거야

2. 여름

두루마리 휴지와 솜이불에 둘러싸인 삶 아무도 그렇게

살라고 말 한 적 없는 오늘은 절실히 접시를 닦지 오늘은
오늘이니까 오른 발의 시간이 다가오듯이 내일의 왼 발도
다가오지 아직 오늘은 오지 않았어 검붉은 바나나만 오늘
의 등에 업혀 도착했을 뿐 실신상태의 오늘의 지능은 재
어보나마나 0.01cc 계피가루를 뿌리는 오늘 생크림을 올
리는 오늘 앞치마를 하는 중인 오늘. 오늘은 의욕적인 오
늘의 시간이 대견해 오늘의 콧구멍에 중고 시집 한 권씩
꽂아두고 전단지의 오늘은 의욕적인 계단의 시간을 마감
하고 담배 한 대 피우러 갑시다 너도 나도 벌벌 떨며 감
자탕집 밖에서 희고 가느다란 손가락의 오늘을 꺼내 피우
며 첫 눈이 내릴까 먼지 없는 폐의 거울을 동경하고 살인
의 의도가 너무 순수해 어쩌면 좋아 살인이 눈이 되고 눈
이 살인이 되고 오늘, 네 아버지가 죽으면 그런 말 나올
까 공중화장실 휴지통 생리대가 벌건 눈을 찢는 오늘, 의
커피에 밸런타인 12년 세 방울 넣는 것 새끼손가락 걸고
꼭꼭 약속해 오늘은 동사무소에 생리대를 쌩쌩 스케이트
차림 나러 가는 집오리 바다오리 강오리 구름오리 연못오
리 꽥꽥 오늘의 내일이니까

3. 가을

그가 과거에서 온다고 한다 나는 칠분 만에 이 시를 완
성하려 한다 그가 미래에서 온다고 한다 나는 칠분 만에
이 시를 지우려고 한다 교실 복도에 서성이던 흰 실내화
와 우체국 앞에 서성이던 검은 마스크와 모과나무 앞에서
서성이는 배식 그릇들은 배에서 뛰어내리지 못하고 그가
우주에서 온다고 한다 나는 칠분 안에 생애 첫 식사를 끝
내야 한다 그가 우주선에서 내린다고 한다 나는 우주에
떠다니는 똥에 대한 아이디어를 저녁 급식시간에 뜨거운
오븐치즈샘크림감자처럼 쟁반에 담아 내놓아야 한다

4. 겨울

나는 점점 나에게 멀어지고 있다 박스 할아버지가 벚나
무 앞을 지나갈 때 어린 소녀가 학원 가방을 메고 뛰어간
다 휴대폰을 덜렁거리며 115번 버스는 무궁화로 향하고
36번 버스는 벚꽃으로 향한다 내가 점점 도로와 멀어질
때 사람들은 로봇 같은 얼굴로 도로에 하얀 소금을 뿌린
다 청소기계가 핏자국을 흡입한다 점점 멀어지는 내가 지
게차에 실려 어디론가 가고 있다 여보세요 사람들이 일제

히 고개를 들어 나를 바라보았다 노란 은행나무 사이 비치는 초겨울 햇살이 부드러운지 다들 느긋한 팔자주름이었다 지게차는 천천히 움직였고 나는 재빨리 걸었다 어린 소녀는 땅에 떨어진 휴대폰을 줍는다 할아버지는 은행 가득 든 보리박스를 운반한다 자꾸 멀어지는 나는 대포폰처럼 여러 개로 나뉘어 소녀를 따라가고 은행 할아버지를 따라가고 지게차를 따라간다 폭넓은 플라스틱 자처럼 생긴 검은 머리띠를 한 젊은 엄마가 달려와 내 어린 손을 잡아당긴다 "비린 것을 따라가면 집으로 가는 길을 잃는단다" 나는 은행의 젖비린내를 차가운 외환은행 골목에 내려놓고 도깨비불 환한 무덤굴로 향하는 중이다

관습과 간섭

긴 머리카락을 가진 소녀가
긴 줄넘기를 가진 소녀가
긴 원피스를 가진 소녀가

흰 성을 가진 소녀가
흰 사슴을 가진 소녀가
흰 종아리를 가진 소녀가

푸른 초록의 밥을 짓는 소녀가
푸른 초록의 외로움을 짓는 소녀가
푸른 초록의 몬스터를 짓는 소녀가

어디까지일까요 이 이야기의 전설은
분홍빛 이불을 질질 끌고 절벽 끝에서 절벽 끝까지
왔다 갔다 하는

침대가 놓인 나뭇가지에는
자동절단기와 화약과 수류탄이 가득했다는데요

발목이 잘리고 잘리는
손목이 떨어져나가고 떨어져나가는
창자를 목에 걸고 걸어다니고 걸어다니는

그래도 〈긴 피〉가 자라는
그래도 〈흰 피〉가 자라는
그래도 〈푸른 초록의 피〉가 자라는

수요일의 피는 수요일의 피로 돌아온다

첫날밤 면사포를 쓴 그가 부르르 떨며 말했지요

그랬었지요
안개가 자객처럼 흩어지는 밤이었지요
불안은 늘 불안을 엄습하고
맨드라미는 그의 혀 안에 혀 넣기를 좋아해서
장난이 늘고 있었지요

늘 그랬지요

장난은 장난으로 끝나지 않는다는 것을
언젠가는 결심을 해야 해요
기타를 메고
자루를 들고
날 선 검은 달빛에 늘 번덕이죠

안개는 자주 힘이 없었어요
자객처럼 재빠르긴 했지만
곧 시들시들 아팠지요
원하는 걸 얻으려면
힘이 있어야 했어요

식물은 온 몸에 근육을 심었어요
식물에게는 근육이 중요했나봐요
이제 산에서 내려가지 않을 생각을 해요
산에 사는 개는 산에서 살아야 하니까요
눈 먼 개가 멍멍 짖어요
곧 어둠이 복면의 살갗을 벗길거예요

간섭은 식물의 미덕
관습은 미덕의 식물

낯선 검은 달빛은 늘 희번덕이죠
날선 검은 달빛을 먹는 중이죠

단옷날, 퇴마사는 양기의 관습에 따라

– 새야 새야 파랑새야 녹두밭에 앉지 마라
녹두꽃이 떨어지면 청포장수 울고 간다*

　교실마다 불이 켜져 있었다 부서진 마룻바닥의 입안에
는 피냄새가 가득하고 교탁마다 뜯기다만 시신이 식빵처
럼 앉아있거나 의자 밑에 몸통이 부러진 칫솔처럼 처박혀
있었다 이건 티저에 불과해 라는 푯말이 시신들의 귀 안
에 콘크리트 못처럼 박혀있었다 엑소가 컴백하고 엑소시
스트가 난무하던 밤이었는데 거기까지는 기억나는데 저
숟가락이 파이브미니타임을 즐기기 위해 스물세시 오십
구분까지 속눈썹을 천장에 매달고 낄낄거리던 게 엊그제
같은데 기침을 시작한 것이 연꽃의 한 꽃잎이었다면 연꽃
의 한 꽃잎이 일억만개의 물방울이었다면 일억만개의 물
방울 중 한 개의 물방울이 한 겁이었다면 이 일을 어쩌지
이 일을 어쩌지 꽃은 새의 손가락을 물어뜯는다 새는 꽃
의 젖가슴을 물어뜯는다 사라진 세계에 대한 환멸이 아직
유령처럼 남아 잠들지 못하는 몇 겹의 겁이 겁의 주위를
빙빙 돌고 기침의 물방울은 이층옥탑방에서 이층관광버
스로 이층스크린도어지하철에서 이층제트비행기로 이층
초대형선박에서 둥둥 어린남자아이가 깔깔거리며 아빠
에게 뿜어대는 비눗방울로 떠다니고 중력 때문에 머리카
락이 바닥으로 떨어지는 게 아니야 철썩! 서로 뺨을 때리

는 가족들의 울부짖음이 앵두꽃무늬 교실 벽지를 찢고 어쨌든 진정하자 지금 여기 이 순간 뜬다만, 사지가 길길이 찢긴 시신이 너부러진 방, 이마에 사과나무를 심은 갈매기처럼, 향기로운 피를 흘리며 걸어가는 비틀거림은 식음수 계단에서 간신히 걸음을 멈추었다 너는 엑소가 컴백했다고 하고 빙그레 웃고 있는 분홍돼지저금통은 사랑하는 중력의 모임처럼 내장이 꼼짝도 않는 구리동전을 껴안고 엑소시즘 가득한 방 안, 쓱쓱 보드마카처럼 지워지는 물방울 피를 닦고 있는 나의 왼손은 우연히 발견한 타원형의 거울을 오른손에 쥐어주며 잘려나간 목에 대하여 잘려나간 핏줄에 대하여 경외하고 또 경외하고 다중인격과 대중과 보편성의 썰물과 밀물의 손아귀 사이에 들려진 구슬가죽채찍은 늘 붉은 핏물로 흥건하거나 검붉은 핏물이 뚝뚝 떨어지고 새벽의 녹두장군새 울음소리는 창포꽃 벽지마을 그림 속으로 쿵 궁 궁딱 쿵 휘모리 되어 날아가고 겹은 겹을 낳고 겹은 겹을 낳고 이층은 이중이 되고 이중은 삼중이 되고 삼중은 겹겹의 울음의 겹으로 레일을 뛰어넘는 노랑 주황 파랑 포스트잇이 되고 식음수는 여전히 새벽 그네처럼 식음을 전폐하고 신음을 뿜어내고 뿜어내

고 뿜어내다 삼키고 삼키고 삼키다 죽은 듯 잠드는 검은
섬 푸른 섬 붉은 섬 섬섬옥수의 옥수수는 자라다가 뒤돌
아보고 뒤돌아보다 자라고

* 전래민요

정중한 대화

이 의자는 나의 시선을 방해하는 자
저리 가줄래
마음속으로 너를 움직인다
너는 내 마음을 읽는 시간이 부족한 채로 나의 손에 등
떠밀려
우양우
좌양좌

혹은 우향우 좌향좌

이 둥글레차는 새벽의 불길을 받고 태어난 양 두 마리
입술에 가져가기도 전에
아, 뜨거워
용의 열기를 훅 뿜는
나는 너의 마음을 읽기도 전에
마우스를 움직이고 자판을 두드린다

양과 용
싸우다면 누가 이길까

나는 양에 용 세 마리 건다
너는 용에 양 다섯 마리 건다

내기는 일생에 도움이 안 돼

노름의 사슬에 끌려다니던

너와 내가 도움 되려고 숨쉬고 산 건 아니니까

저 안경은 내 목을 중독시키는 바다의 출렁거림
알았어 라고 끝까지 말 할 때까지
내 식도에 소금물을 무한대로 퍼붓는
잔인한 속성을 가진 양떼들

저 음악은 육체를 쉬어가게 하는 그네
지친 육체여 다시는 눈을 뜨지 말아라
이건 뭐지
진정한 화해와 위로라고 할 수 있는 건가

꽃병들이 식탁 모서리로 떨어지고

빨간 나비넥타이를 매고 식탁에 의젓하게 앉은
상어알 부부는 전채요리에 대한 기대로 들뜬 콧방울이
충만해 보여

오버핏 코트의 자성적 자발적인
습관의 기록

 새 옷에 얼룩이 졌다 새 옷이 처음 맞이한 비의 신부들 빗방울들이 침묵의 혀로 알을 슬었다 나비가 태어나고 물고기가 태어나던 시절이 있었던 것처럼 그냥 시간이 흐르고 있었다 사실 아무 것도 없는 공기의 압력이었다 새 옷은 자연스럽게 얼룩을 끌어안고 있었다 욕조만한 얼룩들이 볼록볼록 귀여운 동자꽃같은 얼굴을 내밀며 욕조 밖의 세상을 환하게 꽃피우고 있었다 빨강 시계들이 빨랫줄 위에서 뽀로로롱 뽀로로롱 귀가 따갑도록 지저귀고 있었지만 비의 얼룩은 끊임없는 숨쉬기를 이해라도 하듯이 새 옷의 신부의 당당함과 부끄러움의 속눈썹을 온 몸으로 쓸어내리고 있었다 벚나무 숲길에 행위예술이 이어졌다 어제, 짧은, 지상파 방송에서, 안내문이 마른 흙 위의 민달팽이처럼 흘러나왔다 곧 이 거리는 편백나무로 채워질 것이다 새 옷의 얼룩은 곧 따스한 햇살 아래 보송보송 마를 것이며 우리는 곧 새 옷도 새옷도 사이시옷도 얼룩도 비도 빗방울도 한 줌의 햇살도 밤거리에 쏟아진 검보 스프를 급하게 핥아먹는 말코손바닥사슴의 찢어진 왼쪽 가장자리 눈동자처럼 잊게 될 것이다

햇볕을 쬘 권리
– 화상의 형식 2

집이 생겼다 어린왕자의 아기 양과 코끼리를 삼킨 보아
뱀 그림을 벽에 걸었다 어린왕자가 원하지 않는 짓을 하
고 있다는 것을 알았지만 집이 생긴 것이 너무 기뻐 어린
왕자의 감정까지 고려할 틈이 없었다 고려시대도 아닌데
고려시대 의상을 입은 어린왕자가 찾아왔다 저 어린왕자
는 누구이고 이 어린 왕자는 누구인지 갑자기 헷갈렸다
복사기는 늘 닫혀있었고 스캔은 늘 스스로를 삼가는 소심
한 성격이었기에 누군가가 가까이 오는 것을 극도로 꺼렸
다 어린왕자는 시대적 세포증식을 거듭했기에 갑자기 집
이 폭탄테러가 일어난 것처럼 형체가 불분명해졌다 어떻
게 장만한 집인데 허리띠 졸라맨 이야기는 무성영화에서
찾아봐야했다 새벽노을의 머리카락을 만지작거리는게 유
일한 휴식이었다 햇볕을 쬘 권리를 포기하고 지하로 지하
로 옮겨다니는 어린 왕자를 만났다 지하의 수혜자답게 방
수복을 입고 있었다 피부로 숨을 쉴 수 없다는 화상자의
피부 속에서 어린왕자의 보아뱀이 꿈틀거리고 있었다 흰
이슬이 축제처럼 다가왔지만 볼꽃을 보기 위해서는 입상
료가 필요했다 햇볕을 쬘 권리를 포기한 백로는 밤의 아
르바이트를 위해 캄캄한 코끼리 뱃속에서 쪽잠을 자둬야
했다

파이, 두 갈래의 시간 두 갈래의 통닭

각자의 동일함은 동일함의 시점을 넘어
경계령의 시점으로 넘어간다

그 이후의 시점은
그 이전의 시점을 되찾고

그 이전의 시점은
그 이전 이전의 시점을 되찾는다

그럴 무렵
낙타가 한 마리 배달되고
낙타가 한 마리 배탈된다

그 무렵
낙타가 한 마리 배털되고
낙타가 한 마리 배가된다

증식은 생각보다 눈 깜짝할 새

쉽다면 쉽고
어렵다면 어렵다

다시
각자의 영리함은 각자의 의자를 남기고
각자의 낙타는 각자의 시발점을 남긴다

다시 라는 오역이 오독이 오뚜기마다
다시 라는 웃점을 남긴다

입간판이 아주 예쁘게 비둘기처럼 비틀하게 걸려있다

　그리고 통닭 뱃속에 들어있는 건 시간과 가위 그리고
실밥 몇 개와 거위 새끼 몇 마리

　약이 분해되면서 위장을 마취시키고 있디

호리병

– 화상의 형식 5

잔디가 깔려있는 넓은 마당에서 다홍색 비단 이불을 빨았습니다 빨랫줄에는 이미 복숭아 빛깔의 고운 이불이 널려 있습니다 복숭아물이 뚝뚝 떨어질 때마다 잔디가 그물을 달게 달게 받아먹고 있습니다 물방울은 잔디에게 감정을 전달했습니다. 물방울아 너를 사랑해 너를 사랑해도 될까 물방울은 마치 할머니에게 옛날이야기를 듣는 마음이 들었습니다 호리병에서 비단이불이 강물처럼 쏟아집니다 이 강물을 같이 덮으면 좋겠어 호박잎을 뜯고 상추를 씻고 보랏빛 가지와 오이고추를 키웠습니다 강물이 흐르고 흘러 지구는 한 줌의 흙조차도 보이지 않았습니다 비단의 유전자를 이어받은 비단의 아기들이 걸음마를 시작했습니다. 비단을 좋아하는 사람들이 많았다는데 아무도 비단을 캐러오지 않았습니다 비단 그것뿐이 아니었습니다. 비단의 아기들은 호리병같은 심장을 가지고 있었는데 호리병에서는 장미도 피고 백합도 피었습니다. 자장자장 자장가가 그리운 아기들은 스스로 자박자박 걸어가거나 기어가 입양원서를 작성하기도 했습니다 비단 이것뿐 만이 아니었습니다 비단은 악화는 양화를 구축한다는 문장에 악센트를 주었습니다.

가족

계란을 삶기 위해서는 계란, 냄비, 물, 불이 필요합니다 물론 냄비의 종류에 따라 물없이 계란을 삶을 수도 있습니다 계란은 계란 껍질과 흰자위와 노른자위로 구성되어있습니다 서로가 서로를 밀어줍니다 서로가 서로를 믿어줍니다 서로가 서로를 시기합니다 서로가 서로를 미워합니다 그래서 계란이 더워졌습니까 그래서 계란이 빵가루를 덮어썼습니까 드디어 계란이 삶아졌습니다 결벽성이 높은 계란입니다 인지도가 높은 계란입니다 소금이, 설탕이, 마요네즈가 뿌려졌습니다 여전히 계란을 삶기 위해서는 계란이 필요합니다 말이 없는 계란은 계란의 말줄임표를 기억하고 있습니다 계란이 없는 계단의 서성거림은 빈방 속의 니은과 이응입니다 계단은 계란을 불러옵니다

영어선생

그는 거짓말을 하고 있다 입가의 경련은 잠든 파리의 날개처럼 잔잔했고 혀는 능숙하게 침을 빨아들이고 있지만 문법선생인 그는 문법이 어긋난 그의 거짓말을 그의 달팽이관을 통해 감지할 수 있을지 모르겠다 혹은 인간의 유형에 따라 충분히 다른 갈증이 있을 수 있으므로 이상 징후를 감지할 수 없다고 해서 그게 이상한 이유가 될 이유는 없다하겠다 어쨌든 알듯 모를 듯한 그의 거짓말의 위력은 앞에 놓인 식탁이었다 어지럽게 흩어진 그릇들의 이름을 쉽게 이해하고 넘어갈 수 있었지만 1미터 52센티미터 떨어져있는 저 슬리퍼는 약간 슬픈 표정을 지으며 먼 산을 돌아보는 것이다 그럴 때면 슬리퍼의 목은 360도 회전되어 부엉이를 떠올리게 했으며 부엉이의 발톱에 움켜쥐어진 들쥐는 발톱이 파고드는 공포를 견디느라 가느다란 수염에 살얼음이 돋을 지경이었다 뜨거운 감자가 오븐에서 쏟아졌다 열십자로 절개된 감자 속으로 치즈가 노릇노릇 녹아있었고 그의 손가락은 날렵한 날개가 되어 윙윙거리며 생크림을 뿌려댔다 덕분에 감자는 솜사탕을 뒤집어 쓴 판타스틱 놀이동산의 문지기 병정의 모습이 되었고 그의 부드러운 달빛에 그의 거짓말에 대한 불쾌감이 사라졌다 그는 오븐처럼 뜨거운 혀로 감자의 부드러운 귀를 핥고 있다 곧 종이 울리면 그는 누구보다도 먼저 저 복도의 문턱을 뛰어넘을 것이며 뜨거운 감자를 아직 먹지 못한 우리들은 그가 남긴 생크림의 흔적들을 닭장 속에 같이 살고 있는 두 마리의 토끼들을 바라보듯이 할 것이므로 잠깐, 생크림을 잡던 손을 멈추고 옷이 마르지 않은 진흙덧문을 닫기 위해 저벅저벅 저녁노을이 가리키는 곳으로 심호흡을 하며 천천히 걸어갔다

그대 중국어 실력은 나쁘지 않네

물안개 속 휘어진 나사처럼
날아오르는 하얗고 작은 새 한 마리
그의 부리 속에는 잘려나간
내 목이 들어있다
핏빛으로 물든 두 눈동자와
한 쌍의 콧구멍이 있는 오똑한 콧날
울 듯 웃을 듯 미소의 긴장과 불안이
방금 내 앞을 지나간 오후 세 시의 폭우가 마지막 그물에
걸려
버둥거리는 물고기처럼 고여 있다
그의 부리 속에는 중국어를 유창하게 하는
부리 없는 새 두 마리 나란히 앉아있다

기다리면
버스는 나를 집으로 데려다주고

조급하지 않았다
조급해질 게 없었다

더 이상
기다림도
기다림이 아닌 것도 없는
세상이 다가왔다

그렇게 오래
교대 지하철 환승역 긴 의자에 앉아있었다

지나가는 동양의 한 노인의 발자국 소리가
얼굴이 작은 백인 남자와 머리카락을 보기 좋게 땋은
흑인여자의 영어발음과 뒤섞여
이국적인 향기가 났다

그렇게 오래
인간의 냄새를 맡았다

멘델스존 바이올린 협주곡
E단조 악보 팝니다*

　붉은 신호등이 켜지고 꽃자동차와 치킨오토바이와 가
스트럭과 유조차가 질주를 멈추니 새의 지저귐이 들립니
다 덜 핀 꽃봉오리와 활짝 핀 꽃송이는 똑같이 숯이 든 장
독처럼 고독한 힘으로 비오는 새벽을 견디고 있습니다 삶
은 계란을 먹는 구속의 새벽입니다 누구도 피해 갈 수 없
는 흰자위의 미끄러움과 노른자위의 거침과 터벅거림과
목 메임 벗나무 꽃이 피니 벌이 가장 먼저 달려와 꿀을 빨
아 먹습니다 덜 핀 꽃봉오리와 활짝 핀 꽃나무 아래로 자
전거 타는 아버지가 지나갑니다 죽은 할아버지의 파란 점
퍼와 오줌 싼 노란 바지를 입고

　　　　　　　　　　　　뽀
　롱
　　　　　　　　　　뽀
　　　　　롱
　　　　　뽀　　　　롱
　　　뽀
　　롱

　뽀　　롱

　　　　　　　　뽀

* 중고나라 cafe.naver.com

루비

　루비라는 개가 있었다 루비는 쥐약을 먹었다 루비는 죽었다 나는 수의사가 되기로 했다 개천에 홍수가 났다 사람이 떠내려 왔다 가마니 사이로 빠져나온 하얀 발가락 열 개 머리 풀어헤친 버드나무가 저승사자처럼 나를 내려다보고 있었다 아버지 자전거에서 떨어졌다 아스팔트에 머리카락이 먼저 닿는다 고려 병원으로 실려 갔다 아기를 낳고 있다 하나..둘..셋..넷..다섯..옆의 산모가 소리를 질렀다 하나..둘..셋..넷..다섯..옆의 산모가 울퉁불퉁 아기를 두고 홀몸으로 퇴원했다 강아지가 마룻바닥에 죽어 있다 나는 강아지를 뛰어넘었다 엄마가 혀를 끌끌 찼다 아버지가 아무 까닭 없이 아랫배를 찼다 아니 까닭이 있었다 친구랑 잠깐 이야기 한다고 아버지가 뺨을 때렸다 이유 없이 아니 이유가 있었다 손이 얼 정도로 추운 겨울날 바깥 유리창 안 닦는다고 아버지 말이 가훈이다 아버지 좆이 집안 내력이다 집안의 내력이 나의 내력이 되어 꾸준히 폭력의 계보로 이어져 내려온다 나는 오늘도 무의식중의 폭력성이 몇g인지 체중계에 심장을 올린다

무슨 일이 있었던 거지

병뚜껑을 여니 수천 개의 혀가 머리카락처럼 엉켜있다
노래를 부를 때마다 잘린 혀들
풀을 밟을 때마다 잘린 혀들
집안의 개들이 원하는 것이 무엇인지 알아
달콤한 말과 바삭거리는 스낵들
귀 안에 바람을 후-불어넣어주는 것도 잊어서는 안 되지
로맨틱하게
커피를 들고 변기에 앉는 습관
혀가 잘릴지도 몰라
이미 천개의 혀가 잘리고 천개의 혀가 자랐지만
아직 아픔을 몰라
혀는 혀를 부르고
언제쯤 멈출지 모르지만
곧 음악이 들려올 거야
첼로가 연주되고 비올라가 연주되겠지
관중들은 혀의 장례식을 위해
잠시 무릎을 꿇고 애도하겠지
집안의 개도 우으으응 슬픔의 눈물을 흘리겠지
잠시 말이야

오늘은 차고를 열지 마
방금 민방위 훈련이 시작되었거든
개들이 이 끓듯이 집 안으로 들이 닥칠 거야
혀들의 아픔은 보호 받지 못하고
혀들이 허공에 뿌려지는 오후의 모호한 사이렌 소리

입춘 다음 날

우여곡절 끝에
우리는 모여

막걸리를 한 잔 씩 나누고
하늘의 별에 대해 이야기 나누다

늘 같은 날은 아니지만
늘 같은 얼굴은 아니지만

꽃등심이 구워지고

아귀찜 젓가락이 바빠질 때

진하 수평선 속에서 코끼리가 걸어 나오고
노루섬 속에서 야자나무가 걸어 나오고

우리는

그 순간의

빈 손바닥을 사랑하는 것이다

미역을 띄운 술잔을 돌리지만

사실은 슬픔에 겨워

신이 만든 미끈미끈한 공포영화를 즐기고 있는 것이다

누구도 빠져 나갈 수 없는

울지 못하는 시간들이 신발 앞에 서 있다

그가 바다로 가는 버스에 오르기 위해

출입구를 빠져나간 건 오후 네 시 이십팔 분

그의 무릎까지 오는 검은 외투의 갈색단추는

포획할 목표물을 발견한 너구리처럼

그의 단단하고 굵은 손목의 푸른 정맥을 빠르게 스치고
지나갔다.

꼬불거리는 골목길 같은 아이스크림을 쥐고 뛰어오던
남자 아이가

그의 검은 외투에 부딪혀 쓰러졌고

꼬불거리는 골목길은 그의 커다란 발자국 밑으로 들어
갔고

그 때 그 아이의 얼굴 표정이란 얼마나 잔인한 현실인
가,

꼬불거리는 골목길이 전부였던 그 아이는

처음 만난 (그것도 예기치 않게) 검은 외투에 부딪혔고

손 안에 든 시간과 입 안의 달콤함과 사랑스러운 발걸
음이

바다의 기름처럼 둥둥 떠다니는 것을,

차가운 시멘트 바닥에 두 무릎을 꿇고

쌍꺼풀 없는 두 눈이

고개를 돌려 고속버스에 오르는 그를 바라보는 것이다.

그리고 버스가 출발한 건 정확하게,

귀 밑 오 센티미터 단발 머리카락 길이 같은 네 시 삼십
분.

이 분 간

무슨 일이 일어난 걸까.

쌍꺼풀 없는 남자아이의 손바닥에서는,

푸룻텔라요거트,양에게 민트폴로오리지날,씨가 쓴 월요일 오전의 편지

               – 화상의 형식 9

   오전의 신호등은 먼지잼에 휩싸여 있고

   주방은 거인처럼 주황빛 외눈을 껌뻑거린다

   인생은 아무도 말하지 않아도 스스로 알아가는 것

   다이닝룸에서 살아온 시간은 거짓이 없군요

   그렇게 몸속의 언어들이 시신경세포를 타고 잠입한다

   우리의 몸들은 너무나 민감해

   이에 들러붙지 않아도

   혀에 휘감기지 않아도 휘파람 소리를 내거든

   언어가 떠오르지 않는 날은 하루 종일 바다를 쏘다니곤
해

   집에는 잉어도 플라스틱 라이터도 헬멧도 없어

   잉어와 매점 알바와 준은 오래전 영미가 운영하는 외양
선을 타고 떠났지

   누구도 붙잡으려하지 않았고

   누구도 붙잡히지 않았어

   은밀한 항구의 여관들이

   닿을락 말락

   열릴락 말락

   거위들은 비의 다발성신경의 밀집지역인 항문의 괄약

근에 송진을 묻힌 하얀 심지를 파묻고 폭약의 황금빛 등
불을 켰다네

제3부

인간을 위한 식탁

승급

가방은 잠들고
생선은 깨어 프라이팬 위에서 뒤척거린다

요런 예쁜 것!

생강나무가 피었겠다
산수유 피었겠다
좁쌀나무 피었겠다

'겠' 자가 많은 까닭은
우리는 늘 미지의 숲속을 거닐고 있기 때문이다

화요일의 액자는 근사하지만
그림 값은 폭등이다

슬픈 개복치

하의 실종 소녀가 뛰어 간다

발가락에 비늘이 돋아 있다

돌고 돌아온 바다

헤엄쳐서 간 곳은 푸른 벽

착시로 인한 바다

두근두근

지느러미가 자란다

물갈퀴가 집을 찾는다

삼억 개의 알이 풀의 하의를 찾는다

어느새 지하철은 소녀를 삼키고

어느새 소녀는 물고기집으로 귀가 중이다

우리는 내일을 지렁이처럼 물고 온 생선의 아가미속에서
　　(가)
　　(나)
　　(다)
　　(라) 레스타시스 사이클로스포린 0.05% 점안액*
　　을 발견하는 하루를 구입하게 된다

추분秋分

－ 밤 의 산 능 선 뒤 로
흰 구 름 이 뭉 클
흰 곰 처 럼 솟 아 올 라
두 발 을 흔 들 며 세 발 네 발 산 발 흩 어 지 며

\#
낙타는

\#
밀실이다
빗줄기를 껴안는 산모다
천천히 신생아를 땅으로 내려놓으며
탯줄을 이빨로 끊는 풀들이 자라는
기형아 같은 길이다
신비한 노래를 따라 흘러들었으나
밀실 속에는 라듐이 없었다
불을 쬐고 싶었고
죄책감을 견디며 풀을 베었다
풀들의 눈망울을 하나하나
발등에 새겼다
채찍에 벗겨진 등은 따뜻해졌다

\#

빗줄기가 돌아올 때 쯤

발등부터 시려왔다

비는 밤새 채찍처럼 내리고

밀실의 발등은 썩어갔다

밀실의 누런 입김의 고름은

진득한 밀빵의 시럽처럼 달콤해서

비가 내려도

비가 내려도

욕실의 채찍질은 줄어들지 않고

밀실은 허덕이는 자들의 공동묘지가 된다

정월대보름

달은 창가에 말없이 떠 있다 나는 달 속에 '참'이라는 말
을 구겨 넣는다 달은 빙그레 웃으며 '참'을 뱉어낸다 나는
달 속에 '거짓'이라는 말을 구겨 넣는다 달은 빙그레 웃으
며 '거짓'을 뱉어낸다 달 속에 고춧가루를 집어넣는다 달
이 재채기를 한다 ─에취! 달 속에 소금을 집어넣는다 달
의 눈알이 빙글빙글 돌아간다 소금 한가마니를 집어넣는
다 소금 두가마니를 집어넣는다 달의 눈알이 핑글핑글 돌
아간다 달의 눈알을 빼서 냉장고에 넣어둔다 냉장고 달걀
을 꺼내 달의 눈알을 달아준다 달이 하얗게 익어간다 달
이 노랗게 익어간다 사람들이 달을 손가락으로 가리키며
달이네 달이 떴네 달이 노랗네 달이 하얗네 둥근 달이네
보름달이네 상현달이네 하현달이네 초승달이네 조각배
네 토끼가 절구통을 찧고 있네 달은 달인데 달은 달인의
모래인데 달의 달인이 되어있는 모래들이 토끼 엉덩이에
가득하네 눈, 코, 입, 귀, 젖가슴, 머리통에 가득하네 절
집 앞 웅덩이에 가득하네 달은 달인이 되어 수제쿠키를
굽고 있네 핫초코를 만드네 텔레비전에 출연하네 달은 수
제쿠키의 달인이네 핫초코의 달인이네 하늘이 달을 애드
벌룬처럼 높이 띄워놓고 옥외광고를 하네 달은 무라무라

무라 염불하며 몸을 장작나무처럼 쪼개네 서쪽하늘에 두

둥실 떠 있네

아무 것도 새롭지 않은 세상에서 살아가기

아무 것도 새롭지 않다니 그 말은 세상의 모든 것이 새로워서 견딜 수 없다는 것이다 너에게 손바닥을 펴 보이는 밤 너에게 주먹을 내 보이는 길 속을 알 수 없는 선풍기에게 구두를 사주고 나는 빈털터리가 되어 걸어 다닌다 그런 것이 인생 랄랄랄랄 노래 불러야지 한 번도 그런 세상이 야속하지 않았지 그건 무슨 힘이었을까 엄마가 나에게 밥 먹여준 힘 엄마가 나에게 생선 발라준 힘 그런 힘으로 살아간다고 랄랄랄랄 구슬 속에 딴 세상은 없었지 늘 그렇고 그런 세상 가끔 불어오는 바람에 순간이 좋아지는 걸 순간이 좋아질 수 있다니 대단한 시간의 발전이야 운명의 발견이지 바닥으로 커피의 흩어짐은 구름 옹달샘에서 체조하는 상쾌한 토끼의 꼬리 물기처럼 신선하지 몽실몽실한 마시멜론 꼬리를 처음 물어 본 세상에 일어나는 현상들이 유모차에 앉아 횡단보도 신호를 기다리는 그 순간처럼 설레이지 유모차를 끄는 엄마의 손에는 부드러운 케이크와 뜨거운 커피와 차가운 기저귀가 주렁주렁 마우스처럼 경사진 횡단보도 문턱으로 엄마가 내가 손잡이를 놓칠까 주렁주렁 불안의 뇌가 레몬처럼 환하게 열리고

개들의 방문

개들의 방문을 똑똑 노크해봅니다. 개 두 마리가 서로 에스자로 한 몸이 되어 자고 있습니다. 숨소리가 모락모락 남해 호박고구마 냄새처럼 올라옵니다. 생리를 시작한 흰 개는 생리가 없는 갈색 개 옆에 붙어 자고 있습니다. 서랍을 열고 닫는 자폐증 개는 책상 속에 들어가 궁리 중에 있습니다. 반딧불이와 시소를 탈 생각을 하고 있는 걸까요. 큰 귀를 펄럭이던 빨간 개는 꼬리가 잘린 파란 개의 목에 목을 올려놓고 있습니다. 숭고한 십자드라이버입니다. 나방이 날아와 찹쌀가루의 귀를 핥아주는 동지입니다. 밤이 가장 긴 동지를 사랑하던 동지들은 뿔뿔이 흩어져 아궁이 무쇠솥 속에서 펄펄 끓고 있습니다. 개 e도 개 h도 팥죽을 먹기 위해 교정한 손가락에 숟가락을 끼웠습니다. 교정한 손가락은 황금은행 나뭇잎 같았습니다. 걔들이 방문을 걸어 닫았습니다. 걔들은 뭔가 할 일이 있어 보입니다. 나는 터덜터덜 호주머니에 손을 넣고 걸어갑니다. 머리 위로 어깨 위로 황금빛 손가락이 우두둑 구두둑 떨어집니다. 터널 속의 산책을 마치고 개들에게 다가갑니다. 살아남은 개들의 입에 황금은행 나뭇잎이 꽃피고 있습니다.

2002년 6월 13일

- 故 신효순 · 심미선

나방이 흘러나왔다

죽은 이의 입 안에서

어쩌면 살아 있을지도 몰라 비틀어진

어깨를 바로 세웠다

아랫배에 힘을 주고

달려가는 자전거를 바라보았다

이제 중심이 잡혀간다

버스정류소 가로수 옆에는

벌레들이 꽃으로 피어났지만

아이는 자꾸

깨금발을 뛰었다

"여름이 싫어"

발이 더운 까닭만은

아니었을 것이다

보리차의 시간들

보리차가 끓으면서 노란 연둣빛 입술을 내밀었다

노란 앞치마는 가스레인지 앞에서 졸고 있었다

노란 팬티가 끓고 있었다

아기들의 엄마는 돌아오지 않을 것이다

아기들의 아빠는 감옥에서 죽을 것이다

왜 냉장고 구석자리의 생애는 확고한 어둠인가

조부들은 없는 이를 악물고 자느라 입술이 피범벅이다

아기들의 노란 입술이 끓고 있었다

아기들은 노란 팬티를 입고 있었다

입술이 알맞게 끓고 있었고

곧 누군가가 다가와

뜨거운 입술을 마실 것이다

시월

- 대구 10월 항쟁

꽃이 피기 전에는

꽃봉오리에 피를 머금고 있다는 것을

피가 꽃이 되어 핀다는 것을

노랑 피

빨강 피

파랑 피

수혈하는

너의 깊은 눈 속

너의 깊은 산 속

연노랑

연파랑

연분홍

꽃이 없고

꽃이 없음도 없는

시들지 않는

:; 자유의 :; 꽃의 :; 무덤의 :; 의자의 :; 국경

거룩한 거위들의 행진

 – 2016년 11월 7일 입동立冬, 서면 쥬디스 앞 촛불집회

거위를 따라 걸었다

거위의 등에는 따스한 온돌방이 있다

줄을 바로 서라는 목소리는 들리지 않았다

그런데 이미 많은 파들이 푸른 촉을 밝히며 걷고 있었다

거위의 등에서 따뜻한 군고구마 냄새가 났다

인도와 차도는 코발트빛 수선화처럼 차분했고 어떤 경적도 울리지 않았다

간혹 노란 손수건이 한 장 떨어져 있을 뿐이었다

지하로 공중으로 거위들은 걸었다

뒤뚱거렸지만 균형을 잃지 않았고

무지갯빛 알도 깨지지않게 품고 다녔다

노란 은행나무들이 김이 모락모락 나는 연밥을 나누어
주었다

당이 떨어진 당뇨병 거위들은 초콜릿과 사탕으로 이를
악물었다

그래도 걷고 또 걸었다

11월이었다

매화에게

개업한 과일가게 앞에 서 있던 나무 세 그루가 사라졌어
편의점을 오가던 사람들은 나무의 안부를 묻지도 않았어
기껏해야 비둘기만 구구거리지
정유된 기름이 더 필요해
팔톤 덤프트럭이 달려간 셀프 주유소에는
백로들이 시베리아로 떠날 차비를 하고 있었어
이 지구는 어긋나는 연인들을 위해 배려 깊은 곳
도시는 우울증을 앓아
자주 돌아누워 베갯잇을 적시지
가끔씩은 임신한 배를 쓰다듬으며
도루코 면도날로 불두덩을 깎으며
짬뽕우동볶음을 주문하지
음모를 두 손으로 쓸어 모아
고명처럼 솔솔
뿌리는 손가락 끝으로 피가 다 빠져나간 듯한
창백한 너를 맛본 적이 있어

사랑

물푸레 나뭇가지에서
연초록 잎이 태어나고

꽃이 피고 열매가 열리듯
사랑은 그렇게 온다네

향기롭고 어여쁜 사랑은
산을 넘고 강을 건너

오래오래 간다네

석류빛으로 불타오르는 노을도
황금빛 너른 들판도

모두 사랑이라네

사랑은 그렇게 소리 없이 밤새 내리는 눈처럼 문을 두
드린다네

시 한 편 읽겠습니다

가장자리 손가락이 썩은, 잎을 자른다
시들은 꽃잎의, 모가지를 자른다

썩은 손가락에서 풍기는 싱그러운 풀향기
시들은 모가지 줄기에서 노오란, 작고, 앙징맞은 얼굴을
내미는

어떤 것이 신발이고
어떤 것이 버선인가

노란 꽃봉오리들이 바다를 떠도는데

칼란디바!
칼란디바!

지고피는 피고지는 공화국의 밤
죽은 목숨은 서둘지 않는다

칼란디바!

칼란디바!

다육종의 밤들이
도끼에 잘려나간 발등의 등불을 켠다

거절의 방식

어려운 일이다

고양이의 거절의 방식에 익숙해진다는 게

내가 고양이라고 열 번 백 번 다짐해보지만

고양이처럼 생리적인 것을 보는 곳

잠자리를 해결하는 곳, 새끼를 낳는 곳,

먹이를 먹는 곳, 공중을 뛰어내리는 곳,

햇살 아래 나른하게 오수를 즐기는 곳

똑같이 따라 해보지만

늘 이 프로 부족한 고양이 놀음이다

고양이의 거절의 방식에 익숙해진다는 건

사실 인간이 할 짓은 못된다

그러나 여긴 고양이뿐이고 나 역시 내가 고양이인지 인

간인지

원형을 구분하기 힘들다

나의 건강 상태는 어디까지 온 것인가

얼굴은 고양이처럼 둥글어지고 수염이 길어지고 눈동

자는 푸른 은하수를

닮았다

손발은 얼룩덜룩, 모래처럼 까칠한 혀는 밤낮으로 핥는

다

　고양이의 거절방식은 이러하다

　첫째 반응이 느리다

　둘째 무슨 생각을 하는지 모르겠다

　셋째 앞뒤가 맞지 않는 행동과 말을 자연스럽게 한다

　넷째 앞에 앉아있거나 옆에 서 있으면 뭔가

　잘못하고 있는 듯한 생각이 든다

　다섯째 힐금힐금 쳐다보고 있는 게 무슨 뜻인지

　눈치가 선인장처럼 자라서는 안 된다

　거절의 방식에 익숙해져 가는 것보다

　고양이가 되는 방식에 익숙해져 가는 게 더 나을지 모

른다

　혹은 이미 그렇게 되었는지도

　그런데 이제 그 생각마저 나지 않으려 한다

　미용미용

　고양이들의 그늘 속으로 걸어간다는 것

　입에서 나도 모르게 미용미용

　살고 싶은 꼬리의 본능이 부드러운 카펫바닥을 톡톡 치

거나

봄바람에 흔들리는 산수유 꽃잎처럼 살랑거리고 있다

리어카를 끌고 가던 태극기가 닭 간이 놓여있는 손바닥
을 내민다

2016, 우수雨水

푸른 관이 하늘에서 떨어졌다
다행히 얼굴은 맞지 않았다
그런데 발등이 땅속에 묻혔다
관 속에서는 아무 일도 일어나지 않았다
제발 무슨 일이 좀 일어나봐!
나는 관을 차버리고 싶었다
나는 벌떡 일어나 관을 걷어찼다
관은 멀리 날아갔다
엉덩이가 자동차 트렁크처럼 단단한 꽃사슴의 뿔이
아른아른 구름 너머로 보였다
나는 다시 발등을 땅 속에 묻고 꽃잠이 들었다
사실 잠이 올 때는 아니었다

암울한 비

비가 내린다
앞을 보지 못하는 박쥐같은 비가

비가 내린다
온몸에 여덟 개 구멍 뚫은 연근 같은 비가

동그라미 바퀴 사이로 설탕에 떨어지는 비
온몸을 세포의 혀로 훑고 지나가는 국민투표 같은 비

연근을 씹으며 기어가는 자라 한 마리

자라 자라 자라 왜 자지 않고?

구멍 뚫린 시간 사이로 흘러내리는 진간장의 질문

"쇼팽은 영웅 폴로네이즈를 작곡하면서 영웅이 되고 싶
었을까요?"

비는 내리면서 비가 되고 싶었을 것이다

그 이상도 그 이하도 아닌 그 무엇

나-그 무엇- 슬픔

우리가 태어난 슬픔
우리가 살고 있는 슬픔
우리가 살아남은 슬픔

푸드득 푸드덕

동굴 속에 비가, 박쥐가, 슬픔이 종유석처럼 흘러내린
다

허연 생굴이 가득 들어찬 창백한 스티로폼 경시각형
box처럼

떼여노민

– 故고현철 교수 1주기를 추모하며

그는 멀리 갔다
우리는 모여 그를 추모하고 있다
그는 멀리 갔지만 가장 가까이 우리 곁에 남아있다

故고현철 선생님, 부디 편안히 잠드소서

그는 가도 우리는 먹는다
하얀 백설기를 토마토 주스를 햄샌드위치를 명랑핫도
그를

그는 가도 우리는 듣는다
남성중창단의 헌창을
'청산에 살리라'
'내 영혼 바람 되어'

그는 가도 우리는 본다
강미리 교수의 헌무를

그는 가도 우리는 스쿨버스를 탄다

부산대 제1도서관 고현철 교수 문고 개소식에 참석하기 위해

　그는 가도
　배롱나무는 진홍빛 담배 한 가치 물고 있다

　그는 가도
　초록 아이비는 가을 하늘 목화솜물결구름처럼 피어나고 있다

　부산대학교 인문관 필로티 오후 3시

　장미 네 송이 붉은 핏물 흘리며 서 있다

먼 나무 아래에서

버스를 기다린다
천국으로 가는 마을버스
정종을 손에 든 할머니
식용유를 머리에 인 할아버지
햄을 품에 안은 아주머니
치킨을 먹는 아이들
차례로 천사처럼 줄을 서서.

버스는 빨간 열매 나무 아래에서
잠시 바퀴를 쉬게 하고
천사들은 재잘재잘
빨간 열매의 출처에 대해 궁금해한다
호기심 많은 천사들은
네이버에서 겨울에 피는 겨울열매를 검색하고
말오줌때나무, 산호수, 낙상홍, 아기능금,
아그배나무, 화살나무, 청미래덩굴
아름다운 말들을 주렁주렁 매달고 있는 빨간 열매들과
입술을 맞춘다.

먼 나무 아래는 추웠고

긴 나무 의자는 쓸쓸했고

등 뒤에서 불어오는 산바람은

용무늬 갈색 뜨개질 목도리처럼

거리를 한 바퀴 휘감고

바퀴는 천천히 꿈틀거리며 일어서

바퀴를 부풀리고

핸들의 숱 많은 검은 머리카락을 쓰다듬고

어깨 돌리기를 하던 천사가 포르르 날아와

여러 번 돌려 감은 부드럽고 도톰한 염주 같은 핸들 앞
에 앉는다.

그렇게 우리의 설날은 빨간 열매가 되어 길을 떠나고
있다

인간을 위한 식탁 2

거위가 있다
거위는 살아있다
거위는 숨쉬고 있다

노크를 하고 잠시 다녀온 사이
거위의 자궁이 사라지고

텅 빈 거위만
버려진 칼자루처럼
피투성이로 누워있다

튀겨지는 닭이 있다
튀겨지는 달이 있다
튀겨지는 별이 있다

누구도 그들의 이름을 불러주지 않았다
그냥 '튀겨진'이라고 불렀다

닭은 닭발을 신고

달은 달신을 신고
별은 별 저고리를 입었다

그들은 달, 별, 닭 아름다운 이름을 가지고 있었다

그의 얼굴은 바람 부는 모퉁이에
앉아있는 종이컵 같았다

긴장을 풀어
서랍 속에 있는 눈동자가 말했다
책임감을 던져
볼펜 속에 들어있는 검은 심이 말했다
문자가 문자의 꼬리를 무는 게임이 밤낮 계속되었다
처음부터 이렇게 하자고 한 사람은 없었다고 한다
야채볶음을 먹다가
웹툰을 읽다가
별똥별을 보다가
우연히 시작된 게임이라고 한다
멈추는 사람이 액자 속으로 들어가야 하는 게임이라고
한다
나이팅게일이 유품으로 남기고 간 주사위를 찾아와야
사랑하는 로봇의 이불 속으로 들어갈 수 있다고 한다
나폴레옹이 수의사에게 선물로 준 이각 모자를 찾아와
야
사랑하는 휴대폰과 결혼할 수 있다고 한다
조건 없는 사랑은 접시의 나라에서만 가능하도록 법이
바뀌었고
국경 없는 믿음은 만국기가 사라진 화형식에 불려나갔
다

메밀꽃 A

에이 스님이 꿈에 나타나
"에이 이놈아, 자 받아라 하얀 마스크다"
나는 두 손으로 얼른 받았다
그러나 이건 마스크가 아니다
마스크는 아리랑 골목길을 따라가듯 더 디테일해야 한다
누구는 함박눈이 왔다고 하고
누구는 진눈깨비가 내렸다고 하고
누구는 함박눈도 진눈깨비도 본적이 없다고 한다
빨간 시계는 째깍거리고
메밀묵같은 날씨는 흐리다
검은 손에 흰 장갑을 낀 달래가
뒷짐을 지고 운두령을 지나간다
김치찌개와 밥 먹을 시간
김치찌개는 이미 내 입 안에 와 있다
숟가락도 없는데
밥은 이미 허공에 떠 있다
밥 지을 물도 없는데
에이 이놈아, 달에 가서 물 길어오너라

제4부

이후의 시간

건달바

나는 울지 않습니다 운지가 언제인지도 모르겠습니다 엄마가 공장에서 손목이 잘렸고 아빠가 길에서 교통사고로 죽었습니다 그러나 나는 울지 않습니다 나는 울면 안 되니까요 울면 불행해진다고 할머니는 내 팬티에 울면 안 돼 라고 적힌 부적까지 달아주었습니다 그래서 나는 씨익 웃습니다 엄마의 혼이 정신없이 집을 빠져나갔을 때도 할머니가 러시아에 가서 돌아오지 않았을 때도 나는 울지 않고 늘 어두워지는 골목길에서 정신 나간 깃털처럼 건들건들 웃고 있습니다 할머니가 손에 꼭 쥐어준 오천 원을 들고 말입니다 오렌지 빛 노을이 아침저녁으로 찾아와 할머니의 소식을 전해줍니다 할머니의 비녀 꽂은 머리에 하얀 이가 수억 마리 기어 다니고 있다고 하네요 그래도 나는 울지 않습니다 할머니가 비뚤비뚤 써준 부적이 팬티에 붙어있으니까요 건들건들 건들건들 건들거리는 것은 다 마음이 아픕니다 그래서 나는 만나는 사람마다 건들이라고 이름을 불러줍니다 사람들은 길을 가다가 멈추고 건들이라고? 어디서 나는 소리야? 하며 한 발자국 두발자국 다가와 나를 건드려봅니다 나는 그들의 사그락 사그락 발자국 소리가 참 듣기 좋습니다

입구에서 멀리 있을수록
진실에서 멀어진다

그들의 말은 알아듣기 힘들었다

웅웅거리는 소리가 잠들지 못하는 뇌 속을 개미처럼 파
고들었다

꾸준한 일꾼이지

그럼 그럼

끄덕임만이 신경 세포를 자극하였다

부려 먹기 좋은 노새야

저런 녀석 한 마리만 더 있었으면

그런 뜻이었을까

인간의 말 속에는 진실의 말과 거짓의 말이 있다

그러나 그 두 가지 모두 진실에 이르는 말이다

그러니 입을 다물자

알아듣기도 힘든 말들이니

입을 다물고 진실을 찾아가자

태양 속에도 달 속에도 어디에도 없는 것

지쳐 스스로 땅을 팔 때

순간 섬광처럼 빛나는 것

그는 침대에서 일어나 대추나무에 열린 대추 한 알을
바라보며

웃는다

어 어 이 사람 왜 이래 환자가

어서 침대에 눕게

그들은 그를 소독향기 가득한 침대에 눕히고

그가 잠든 줄 알고

은은한 보이차를 마시며

또 그렇게 얘기하겠지

꾸준한 일꾼이야

그럼 그럼

인간을 위한 식탁 1

소년과 소녀와 연인들과
부랑배들의 손가락질과
신기한 듯한 눈빛과 처량한 눈빛을 받으며

뚝뚝 떨어지는 피와 고름에(을) 의한(위한)

기름통이 여기 있다

순수한 기도문은 지옥에서나 가능하다

오리나 거위는 '당사자'이므로
아무나 오리나 거위가 될 수 없으며
아무나 오리나 거위가 될 수 있다

머리가 잠시 바깥의 비나
해변의 모래에 다녀왔으므로
혀가 그 다음 이어갈 죽음의 자음을 잊었다
잔인한 노크만이 피로 물들어진 화장실 문 밖에 줄을
서 있다

문틈에서는 무겁고 둔탁한 망치 소리와

오랜 여행길에 배고프고 지친 흑포도빛 장화의 앞머리
에

뱀처럼 혀를 여러 번 겹두른 진흙이

살기의 눈빛을 내뿜고 있는 것만이

촉각과 직관과

살고자하는 내장의

번뜩이는 죽음의 귀와 코로

이후의 시간

새들의 발가락 사이에 심어져 있는 스위치를 공중으로 들어 올리자 새들은 모두 지하세계로 걸어 내려갔다 새의 머릿속에 입력되었던 전자회로는 모두 지워졌다 공작새는 기차가 달려오는 방향의 선로로만 달렸고 앵무새는 터무니없이 진화하여 인간의 모양을 갖추고 있었다 하마가 운영하는 로봇술집은 로봇의 인권이 중요시되는 곳이었기에 인간들은 로봇의 검열을 거쳐 들어갈 수 있었다 지구를 돌던 행성들이 놀러와 가끔 인간을 불러내 지구를 돌고 있는 자신의 처지에 대한 고민을 털어놓기도 했다 인간과 로봇으로 자유롭게 변형 가능한 택시는 어디가나 인기 만점이었다 특히 맛집을 좋아하는 인간과 로봇사이에 태어난 간봇들에게는 낙원의 심야식당으로 불리기도 했다 그들은 인간의 말랑거리는 혀와 로봇의 탱글탱글한 눈알을 주재료로 심어둔 당근 밭을 산책하는 것을 큰 위안으로 삼을 지경이었다 누구든 누구에게든 달려들지 않고는 견딜 수 없는 감성의 근육들이 달빛처럼 이글거리는 로봇 시인들이 황사사막의 메뚜기 떼처럼 출몰한 것도 푸른 보름달이 노란바다 속에서 솟아오르는 손목시계가 초침으로 다가가기 이전의 시간의 순간이었다

사후세계

　물이 물의 말을 합니다 물이 물의 팔짱을 낍니다 물이
물을 껴안고 풀밭을 뒹굽니다 물이 물에게 "물아~" 하고
부릅니다 물이 물에게 "물아~" 하고 대답합니다 물은 어
디에도 없고 어디에도 있습니다 물은 눈에 보이기도 하고
눈에 보이지 않기도 합니다 물이 물을 마시기도 하고 물
이 물을 토하기도 합니다 물이 3D 몸속으로 들어가 근육
을 만들어 냅니다 물이 4D 몸속으로 들어가 향기로운 벌
개미취 물방울 냄새가 나는 보랏빛 내장을 만들어냅니다
물의 입술과 근육들이 동네의 안락한 물의 슈퍼를 찾아
들어갑니다 약국은 존재하지 않습니다 병원도 의사도 간
호사도 없습니다 물의 입술과 근육들은 우주통합코인을
자동판매기에 넣고 마음에 드는 빛깔의 수다량과 근육량
을 지닌 입술과 손목 근육을 갈아 끼웁니다 물론 마음에
들지 않으면 환불처리는 바로 진행됩니다 물은 물을 물
먹이는 일이 없지요 물의 감옥은 물이 없는 물속에서 회
의가 진행 중이어요 생로병사 희로애락은 까칠한 입술에
시밍이나뭇잎처럼 물고 있어요 물의 로봇들이 물의 영해
와 물의 영토와 물의 영공을 외계인에게 침범 당한 9D영
상을 보여주고 있어요

건반소나타

하이든 소나타 59번 E 플랫 메이저를 휴대폰으로 녹음
하고 있을 때
목에 가래가 끼어 음음 소리를 냈지
오우 좋은데
자유로움이 느껴졌어
나에게 이런 면이 있다니
음악을 녹음할 때는 어떤 소리도 내서는 안 된다고 생
각했거든
잠을 잘 때 팬티를 벗지 않는 것처럼 말야
이번에는 녹음하느라 마시다 만,
식탁 위에 놓아둔 커피가 든 머그잔을 들고 왔어
물론 한 쪽 손은 녹음을 하고 있고 말야
처음에는 소리를 내지 않고 마셨지
잠시 음악을 듣다
다시, 소리를 내고 마셨지
후르르 후르르
자연스럽게 말야
개울물이 흘러가듯이
새가 날아가듯이

음음, 탁탁. 후르륵 후르륵

그 소리 속에 내가 살아있는 목소리를 들었어

누구의 도구가 아닌

내가 선택하는 소리를 들은 것이지

그건 생각보다 훨씬 행복한 일이었어

흠흠흠

5번 출구 초량 지하철역

(토요일의)

(일요일의)

(금요일의) 문을 열자 바람이 (입술을 닫고) 휘파람을
불어

맨 종아리는 초량지하철역 5번 출구 엘리베이터에 내
려 우연찮게 만난 단발머리 소녀상에게 삼배를 했어

파란 신호를 기다리는 대로변의 자동차와 버스승객들
은 보고 있었을 거야
어쩔 수 없이
버스의 폭력적 구조에 따라 목이 이쪽으로 휘어져 있었
을 것이므로
(아무리 휴대폰을 손에 들었다 해도 한번쯤이라도 라고
적어두자)

(오브제) 죽은 엄마가 쓰던 자개장롱 손잡이에 걸어두
었던 뼈만 앙상하게 남은 하얀 철제 옷걸이가 와그르르
와그르르 힘센 선풍기 손바닥에 뺨을 맞고 온몸을 두들겨

맞고 땅바닥으로 굴러 떨어졌어 물 한 동이가 온 몸에 뿌
려졌지

입술의 문을 닫자 옴– 바람소리가 만들어졌어
입술의 문을 열자 옴– 바람소리가 잠잠해졌어

말복의 병든 오리 떼는 어찌 되었을까 (폐사되었지)
입추의 페르세우스 별똥별 꼬리는 어디로 사라졌을까
(변기 속으로 사라졌지)

그러나,
아직,
맨 손바닥에는 식지 않은 순금의 바람이 일렁이고 있어

어리석은 의자는 폐기되었다

손등에 솟아오른 송곳처럼 살아가기로 마음먹은 적이 있었을까 그런 적이 없다면 왜 그런 적이 없었으며 그런 적이 있었다면 왜 그런 적이 있었을까 적은 영민하다 그래서 적의 이름은 꽤 알려져 있다 두려움은 조롱의 혓바닥을 가지고 있다 혀를 뻗어 죽은 이와 키스 나눌 수 있다면 일단 이런 분위기는 대박이다 비오는 날 이단 우산은 생각보다 비쌌지만 그래도 교문 입구에서 비비빅 막대 캔디는 잊지 않고 잊었다 아무도 대신 말해주지 않았고 말해 줄 수도 없었다 나무 그늘은 길었고 나무늘보 윙크는 순수의 시대와 어울리지 않았다 순수의 시대가 길어질수록 양초의 가격이 폭등했다 〈기린의 아프리카〉 영화가 상영 중이었으며 교복의 치마 길이 조절이 거듭되었다 은에 기대어 만들어진 의자는 은의 의자였는데 그 언어에 대한 반응은 귀금속 세계에서도 공공연한 비밀로 떠올랐다 난로 위에 영지버섯이 놓여있었고 여치는 추위에 떨고 있었다 수은에 기대어 만들어진 수은 침대는 수은침대였고 묘소마다 비석이 깨져있었다 구절초는 스스로 갈 길을 잘 알고 있는 듯 했다 공동묘지 봉분을 뚫고 일어선 꽃들은 새파랗게 질린 얼굴로 송곳니처럼 솟아있었다 공동묘지는 A퀴즈를 자주 내고 메추리알은 Q답변을 자주 하였다 친절한 세탁소가 듣기에는 주인과 손님이 뒤바뀐 사과밭이었다 가을 다음에 여름이 오고 있었다 귀뚜라미 보일러와 경동 보일러의 경건한 반성의 시즌이었다

밀양다목적댐을 지나가는 차들은 애도의 경적을 울렸고 표충사를 지나가던 차들은 양산단층이 다시 살아날 것이라는 단풍의 말을 사랑했다 속초의 양양단층이 공동복구하자며 곧 날아올거라고 손바닥을 뚫고 손등을 뚫고 일어선 송곳이 말했다

사물들 0-1-0-1-7

　1)자두는 무겁다 2)복숭아는 달다 3)호두는 고소하다
4)냉면은 귀신같다 5)발에 밟혀 검게 터져버린 버찌는 무
뇌아다 6)왼쪽 상아 없는 코끼리 7)메모리폼 침대 매트리
스 8)불꽃놀이하는 빨강노랑파랑 삼색젤리볼펜 9)아기
반달가슴곰 수컷 한 마리는 왜 김천 수도산으로 갔을까
10)말매미가 참매미 집에 가는 날 11)밀크커피는 맛있다
12)푸들 강아지 다리에 마비가 왔어요 13)사춘기 딸은 여
행 중이다 14)바다는 피의 출렁임을 멈추지 않는다 15)
머리맡에 죽은 엄마가 앉아 있다 왜요 엄마 무슨 일 있어
요 16)나뭇잎은 꼭대기부터 죽어간다 17)아빠, 조개무덤
처럼 생긴 무대 위에서 아이돌 가수가 은빛머리카락을 휘
젓고 있는 중이야 18)가을이 연두부처럼 말랑하게 오면
좋겠어 19)포도의 흑역사 너의 죽음을 알고 있지 20)자
전거 한 대가 언덕 위에 땅콩처럼 서 있다고 하네 21)새
로 산 비취빛 슬리퍼는 발의 뜨거운 체온을 부담스러워
해 22)냉장고 안에 한 개 남은 달걀이 삼 주일째 거위에
게 주려고 뜨개질을 하고 있어 23)서쪽으로 불어오는 바
람이 매미날개처럼 샤프한 걸 24)경주라는 영화를 봤는
데 토끼와 거북이도, 불국사도 석굴암도 나오지 않고 배

롱나무 한 그루만 공중에 거꾸로 대롱대롱 매달려 있더라 25)뜨거운 팔월의 해가 지자 해안가 쥐들이 나타나 죽은 아이의 눈동자를 파먹기 시작했다 26)할인슈퍼마켓에서 얼음물에 담근 1150원 캔맥주를 2000원이라 하자 활짝 웃던 노루가 귀 먹먹한 머루가 되었다 27)망상해수욕장 해변호텔에 숙박할 방을 예약하기 위해 전화를 했다 방이 없어요 했다 옆에 있는 모텔은 방이 하나 남아있어요 했다 방의 크기는요? 방은 바다를 보고 있나요? 6평 원룸 이구요 경관은 없습니다 냉정하게 분필 부러지는 목소리를 냈다 16만원이에요 그렇군요 망상해수욕장으로 가는 왕복기차표를 취소했다 흰 푸들 강아지 상큼이는 밤새 아팠고 갈색 푸들 강아지 구름이는 곁눈질을 하며 조용히 차가운 타일 위에 앉아있었다 그렇게 마지막 휴가가 가고 있었다 망상눈병이 나돌았고 수박의 차가운 숙박을 위해 냉장고 스위치를 고高로 높였다 뇌 속에서 Ready Go! 가 울려 퍼졌다 28)타고 남은 새틀이 쌀 위에 너부러져 있었지만 29)찹쌀 주먹밥 만들 때는 죽염이 좋더라 30)핫케이크를 굽는 로후는 핫케이크를 굽지 않는 로라의 책상달력을 바라본다 물개수영복이 줄을 서 있는 오후 한 시 삼십이 분 31)자줏빛 감자는 어둠 속에서 간신히 눈이 보이자 부엌칼을 들고 나와 자줏빛 양파의 푸른 머리카락을 몽땅 잘라버렸다 멀리서 앰뷸런스 달려오는 소리가 들렸다 32)프린트기는 초록운동화를 게워내는 공장 33)어제는 달의 손톱이 흔들거렸고 내일은 별의 칫솔이 택배로 왔다 34)멀리 낯선 아파트 창가에는 하나둘 불빛이 들어오고 주택지 빈 방에는 옅은 복숭아 물빛 숨소리를 내며 가느다란 팔다리를 쭉쭉 뻗는 아기요정들이 옹알거리지 35)다람쥐는 보를 내고 하마는 가위를 내고 36)용은 용가리과자를 무서워 해 37)방충망은 주사바늘이다 38)흐르는 물들은 자주 단추를 풀고 39)타다만 양초 한 자루 은빛 쿠킹 포일에 싸여 오븐에 들어서고 40)생수 속에 거북이가 헤엄치고 있어 41)귀여운 아기야, 파란 물고기 먹이 주고 싶니? 42)노르웨이 초록섬 메리샐러드바에는 단호박샐러드가 없다는데…… 43)콩국수를 좋아하던 할머니가 돌아가셨다 44)팔려가는 소의 젖은 속눈썹을 본 적이 있다 46)풍경소리는 좋아라 어린 너의 뒤를 따라나서고 47)문구점에는 앵무새가 산다 48)왜 휴가철에 컴퓨터는 휴식을 못하는가 49)옥수수 스프로 만든 부드러운 러

브로봇이 아이들 사이에 크리스마스 선물로 인기가 있을
예정이라고 합니다

의견과 이견

오랜만에 강아지들을 산책시키기로 했다 자동차에 태
워 인적이 드문 곳으로 데려가는 게 어떻겠냐는 의견이
나왔다 의견의 의견은 다수의 존중을 받아서 약간 어깨를
우쭐거리며 강아지들을 자동차 안 구석으로 워이워이 소
처럼 몰아넣었다 운전대를 잡은 의견의 의견은 밤하늘에
강원도 옥수수 알처럼 촘촘히 박힌 뭇별들을 보니 배가
고프다고 했다 그 의견을 들은 또 다른 의견은 자동차를
길가에 세우고 다시 의견을 조정해보자고 의견을 내었다
구석에 몰려있던 강아지들이 왕왕 짖었다 의견을 내었던
의견들이 달려가 강아지에게 조용히 해라고 윽박질렀다
왜 죄 없는 우리에게 윽박지르냐고 강아지들이 왕왕거리
자 의견들은 발길질을 시작했다 싸늘한 옥수수수염처럼
체온이 내려간 강아지들은 의견들의 의견들에 의해 자동
차 트렁크에 들어가게 되었고 자동차 트렁크 문이 쾅 닫
혔다 트렁크의 입술과 두 손과 두 발은 왜 나에게 살인의
주말 같은 짓을 시키냐고 의견을 내었다 트렁크의 의견은
뭇 의견들에게 발탁되어 2016년 연말 가장 훌륭한 의견
으로 그랑프리를 수상하기로 의견이 모여졌다 의견들은
하얀 실크장갑을 물대포 위에 올려놓았다 수장이 올라갈

자리였으므로 모두 땅에 납작하게 엎드려야 한다고 또다시 의견이 모아졌다 수장이 도착할 시간이 되었으므로 의경들이 줄줄이 물대포로 총알처럼 몰려들었다 최루액들이 자욱하게 영화 속 미미의 뽀얀 젖가슴처럼 깔렸다 의경의 의견들이 몰려와 젖은 트렁크에 죽은 강아지를 마른 장작처럼 집어넣은 의족의 주범을 찾겠다고 난리를 피웠다 난리를 피우다 추워지면 잘 마른 참나무 장작으로 난로를 화사하게 꽃피웠다 톡톡톡 튀는 불꽃들이 사족을 단 의견들의 내장을 단도로 쿡쿡 찌르고 다녔다 간신히 살아남은 강아지들이 별꼴이 별꽃이야 김선생 김밥처럼 동그랗게 말린 꼬리를 흔들었다 별꽃인지 불꽃인지 꼴값을 떨고 있다고 의수들이 손가락 없는 손가락을 괴수처럼 휘휘 내저었다

커피여과지가 고양이를 걸러내는데 걸리는 시간을 알아본 시각장애인의 중얼거림

세모 책상은 가을의 뭉퉁한 발을 걷어찼다

노란 탱자들이 무수리 물통처럼 쏟아졌다

엄마 크림케이크 먹고 싶어

엄마가 엄마의 엄마에게 말하는 소리가 들렸다

엄마가 엄마의 엄마에게 혀에 고양이털이 돋았다고 했다

혀를 바닥에 내리기도 전에 고양이가 돌아앉았다고 했다

식기세척기 안에 자고 있던 수류탄들이 키득거렸다

투명한 대형 냉장고 안에는 잘린 손목들이 걸어 다녔다

권총 든 고양이들이 커피여과지를 들고 쌀 배급을 받았다

곧 물총새의 물도 나눠준대

정말?

엄마가 엄마의 엄마에게 말하는 소리가 들렸다

코스모스 신음소리가 계단의 식은땀을 핥아 먹었다

엄마가 엄마의 엄마에게 잘린 손목을 끌어안았다

식기건조기는 핏물을 세척하느라

물총새를 돌볼 시간이 없었다

군화가 억새처럼 자라고 있었다

군화를 신은 엄마가 엄마의 엄마에게

입 다물고 자라고 자라고 소리친다

그렇지 않으면 혀와 입술과 손목과 발목을 베어 버릴

거야

꽃무릇이 밍크 담요 속에서

무릇무릇무릇

콩나물을 키웠다

커피 여과지에서 피비린내 부드러운

고양이털이 자라고 있었다

한시 삼십분 후

물고기의 미세한 실핏줄을 들여다본다는 건
아무래도 경솔한 일인 것 같아

물고기의 미세한 아가미를 들여다본다는 것도
아무래도 거친 주먹을 뻗는 것 같아

물고기는 물고기의 물고기에게 간을 이식해주었지
물고기는 물고기의 물고기에게 전두엽을 이식해주었지

사고하지 못하는 나날들이 흘러갔고
사고는 끊이지 않았어

자동차들은 불법매매로 흥청거렸고
물고기들은 물이 가득 찬 자동차 안에서
크리스마스를 맞이했지

행인들의 동전은 슈크림처럼 달콤했어

하늘에서 지팡이 비가 내리고

땅에서는 할렐루야 울려 퍼졌지

눈이 내려야 할 텐데
연못을 들여다보면
후두엽에 매달린 눈동자는 벌써 하늘로 향하고

물고기들은 물고기들끼리 모여 자서전을 쓰고
축구선수들은 골키퍼를 에워싸고.

제모의 역사

신데렐라 두 언니는 미끈한 네 다리를 갖기 위해 여덟
마리의 아기를 고아 먹었지

고아는 열여섯 명으로 늘어 서른 두 개의 밥그릇이 닳
고 닳았지

육십 네 개의 털들이 카펫 위를 지느러미처럼 출렁거렸
어

백 스물 여덟 송이의 목화솜들이 우주에서 지구의 일출
을 찍어 보냈지

내 안의 베토벤은 여전히 각혈을 하고 있는 중이었지만

이백 오십 여섯 명의 베토벤은 피로 번지는 하늘을 바
라보고 있었어

오백 열 두 명의 행인들이 송진을 손에 쥐고 빠르게 걷
고 있었지

천 스물 네 명의 언니들이

이천 사십 여덟 개의 다리를

런던 지하철 손잡이에 우산처럼 걸고 다녔어

덜렁덜렁덜렁

덜렁덜렁덜렁

알게 뭐야

저 다리는 내 다리가 아닌 걸

사천 구십 여섯 개의 혀들이 에펠탑보다 더 높은 탑을 쌓기 위해

팔천 백 구십 두 명의 에디슨에게 가로등을 부탁했어

만 육천 삼백 팔십 네 개의 연등들이 몰려와

여덟 마리 아기를 고아 먹은 사연을 물었지

덜렁덜렁덜렁

덜렁덜렁덜렁

알게 뭐야

저 다리는 내 다리가 아닌 걸

삼만 이천 칠백 육십 여덟 개의 눈송이들이

신데렐라 두 언니와 신데렐라 아기의 안부를 물었지

육만 오천 오백 삼십 여섯 마리의 아기를 고아먹은 신델레라는

알게 뭐야

알게 뭐야

저 언니는 내 언니가 아닌 걸

저 아기는 내 아기가 아닌 걸

십 삼만 천 칠십 두 개의 아기들이 심슨 가게에서 태어나고 있었지

벌개미취쑥부쟁이구절초

누가 누구라해도 상관없었다 철조망 너머 바다가 보였
고 선박들이 보였고 철교가 보였다 피난민들은 보따리를
머리에 이고 등짐을 지고 리어카에 노모를 태우고 어린아
이들의 손목을 잡아 이끌며 걷고 있었다 보랏빛 눈물이
주르륵 노을이 물었다 이 나라는 누구의 나라인가요 벌도
개미도 집이 있다는데 우리의 집은 어디인가요 바람의 언
덕으로 가는 길은 멀고 멀었다 누가 그 길을 장난스럽게
잘 씹어진 껌처럼 쭉 잡아당겨놓은 것 같았다 그 길은 향
기도 단물도 모두 빠진 가파른 길 신발이 자꾸 벗겨지는
길 서러운 마음 따위는 저리 가라 이제 더 이상 서럽지 않
다 맨얼굴에 맨발에 맨손에 우리는 즐겁고 흥겨워 어깨춤
을 춘다 더 내려놓을 것 없는 들판 부디 민낯의 꽃이 되
어라 푸른 기와를 한 장 한 장 구워 먹고 사는 그대 그 기
와는 꽃들의 신음소리 이제 더 이상 어리석게 남은 기와
는 없다 오직 들판으로 내려가야 할 길이 있을 뿐 마대빗
자루는 은박지마포부대에 쑥대머리를 쓸어담는다

지네, 잘, 지내

팬티가 4개 쌓였다. 팬티스타킹이 4개 쌓였다. 빨아야 할 것들. 빨아버려야 할 것들. 어둠은 재빠른 다람쥐처럼 모든 걸 덮어버린다. 단 한 줄기, 밝은 불빛이 기어 나와 목련꽃봉오리처럼 무릎을 타고 올라와 내 목을 휘감는다. 어떻게 살아야 한다. 장황한 연설들을 늘어놓는다. 그래 그러나 넌 목련 난 장미의 끄나풀. 어디까지 갈 수 있을까. 우리 시간은 말없는 모자가 되어 내 손가락에 온 몸을 밀착한다. 배경은 늘 농후한 장밋빛 잉크. 이제 탱고만 흘러나오면 된다. 진부한 언어에 진부한 혀를 맡기는 함성들이 다시 시간 속의 환원을 꿈꾸고 다람쥐는 어둠의 스침을 그리워한다. 그러나 어둠은 겨드랑이를 떠나 손톱으로 벽을 긁고 절벽의 암벽을 타고 오른다. 누가 이야기 할 수 있을까. 아무 것도 아닌 것에 대하여. 나는 조금 전 혀를 버렸고 곧 누군가 나의 혀를 퍼즐처럼 맞춰 벽장 안의 고양이에게 먹이로 던질 지도. 혹은 죽은 새의 먹이라도. "혀는 괴롭지 않아" 라고 말해서는 안 된다. 아무노 누구의 혀가 되어보지 않았으므로. 혀에 대해 말 할 때는 더 신중해지기로 테이블 위에 놓인 하얀 무쇠 장갑처럼. 이제 무쇠 장갑의 저질 체력에 대해 말을 할 차례다.

해운대 모래사장에 누워있는 와펜

밍크고래의 수염처럼 긴 소파에 누워있는 나를 발견한 순간 수천의 물고기 혀들이 내 콩팥을 핥고 지나갔지 내 콩팥은 아직 어리고 순해서 혀가 닿이는 대로 상처가 생기고 딱지가 앉았다 떨어지고 붉게 물들기를 거듭했지 나는 물의 창조기부터 허리를 굽혀 일어날 생각이 없었던 이팝꽃처럼 관조적 자세를 취하며 바다의 모델이 되곤 했었지 순한 생각들이 물거품을 일으키고 공기방울그물은 틈새를 노린 바다의 유니콘에게 먹이를 내어주었어 산다는 건 자신만의 주문이 필요한 일 야채쥬스 배달 아주머니가 새벽마다 외우는 저 주문의 모체는 누구일까 자동으로 꺼지는 불의 세계에서 불면의 밥을 먹고 나면 오늘 하루쯤은 자신의 얼굴에 노력의 칼자국을 여럿 남긴 선명해지는 연필이 된다 어제는 저녁부터 바빴지 세븐비빔밥에서 물고기들과 식사를 하고 하드락카페에서 흑맥주를 마셨지 죽은 가수들이 살아나 기타를 치고 노래를 불렀지 누군가는 생일케이크에 초를 꽂고 성냥을 불러 불을 붙이고 촛불을 후 불었지 촛불은 그렇게 끄는 게 아냐 너는 꺼져! 라는 말을 들어본 적이 없는 아이처럼 꺼진 촛불을 다시 살리기 위해 성냥을 그었지 웃기지 않니 죽은 촛불을

다시 살리는 거 재활용의 기법을 흠뻑 활용한 생일파티에
붙어 앉은 잠자리 한 마리는 보기 드문 작품이었어 죽은
사람들의 형무소 하드락의 카페 아무리 손뼉을 치고 허리
를 비틀어도 우리는 죽음의 순서를 부여 받은 횡단보도
신호등 오고 가고 가고 오고 자전거와 오토바이의 그 지
점 승용차와 트럭의 그 지점 거울과 타일로 치장된 화장
실의 견고함에도 검은 타월 속 뱀의 혓바닥처럼 빠져나오
는 비단향꽃무의 향기 야구방망이로 흠씬 두들겨 맞은 전
두엽의 영역은 전반전에서 후반전으로 달려가고 향기의
상체와 수음의 하체를 절단하기엔 일러 음악이 늘 배경음
악이 아니듯 손뼉의 존엄성이 늘 절단될 수는 없을 거야
저절로 손뼉이 터져 나와 저절로 손뼉이 터져 나와 죽어
가는 행동과 죽어가는 시간의 목숨은 늘 화장실 양변기
버튼처럼 노출되어 있고 싸늘한 주검이 변기 속으로 빨려
들어가는 하드락 카페에서 노란 스톡꽃 자수가 놓인 코끼
리 손수건의 진지함을 깊이 생각해볼 필요는 없지

현상들

털 깎은 낙엽들이 소용돌이처럼 모여 있다
소모형 도시들은 아직 깊은 잠에 빠져 있다
빨간 벽돌 한 개 데구르르 굴러간다

낙엽 버스 안에서 반갑게 인사하는 아줌마와 학생
그들은 알바로 알게 된 관계다
귀는 열려있어 저절로 듣게 되고
한 사람은 기장 한 사람은 기장 너머에 산다

버스의 종착역까지 한 번도 가 본적 없지만
나는 K도서관을 알고 있다
누군가를 도우려다 협박을 받은 기억이 있다

사는 건 늘 그렇게 덜 떨어진 상처딱지 같은 것이었고
나는 크게 앓지 않는 사람으로 변해가고 있다
(사실은 아닐지도)

파란 벽돌 한 장 데구르르 굴러간다

〉

가장 가깝다고 느낀 이가 상처를 주면

가장 가깝다고 느낀 나의 감정을 빗방울로 어루만진다

　다행히 마음은 설탕처럼 부드럽게 녹아있고 여전히 달
콤하다

빗자루에 쓸려

오늘은 분홍으로 꽃 피운 아침노을
부지런한 관리인 쓰레받기에 충만한 웃음으로 담기는
빈 요구르트 병
커다란 미소는 불멸의 아픔을 딛고 일어선 흉터
새벽 종소리는 바퀴에 탄력 넣어 날개 끌고 가는 새떼
들의 지저귐
한 순간 불길로 달팽이와 표고버섯 잃는다 해도
한 순간 물줄기로 황소와 염소 잃는다 해도
웃으리
웃으리
변함없이 웃으리
더러워진 빗자루에 쓸려가면서도

제5부

파랑 나귀와 빨간 말

이명

　면봉이 와르르 쏟아졌습니다. 오렌지를 썰자 해골이 와글거립니다 번개와 천둥들은 침묵의 동굴 속으로 들어갔습니다 면봉의 군중들이 와르르 거리로 쏟아져 나옵니다 오렌지 해골들이 하나 둘 포승줄에 묶여 총알이 연어알처럼 박혀있는 건물 밖으로 걸어 나옵니다 번개와 천둥은 무밭으로 발가락 없는 무를 찾아갑니다 해골이 발우를 들고 걸어갑니다 해골들이 가사袈裟를 무덤 속 서랍 속에 넣었습니다 해골들이 목탁을 목에 걸었습니다 탁, 탁, 탑들이 버선을 신었습니다 별의 별의 별이 또다른 지구를 돌고 있습니다 여섯 개의 무밭에 열아홉 개의 무가 놀고 있습니다

난의 발톱

너의 발톱을 깎아주었습니다 매의 눈동자처럼 새까만 발톱을 노트에 옮겨 쓰며 생각했습니다 왜 손톱을 깎는다고 쓰지 않고 발톱을 깎는다고 쓰는건지 나는 전생의 나에게 톱에 대한 치명적인 결함이 있음을 알아냈습니다 새까만에 대한 결함도 상당히 진전되어있음을 알아냈습니다 나는 톱에 썰린 적이 있었던 것입니다 마술사의 눈속임 도구도 아니고 진짜로 말입니다 나는 내 몸이 톱에 썰리는 것을 두 눈 부릅뜨고 똑똑히 바라본 것인데 방금 이 문장은 인간의 잠재적 무의식에 따라 부정적인 언어로 들릴 수는 있을 것인데 내가 너의 발톱 아니 톱을 깎아주다가 톱을 생각해낸 것처럼 말입니다 너의 발톱을 깎아주기 전에는 그리고 너의 발톱을 깎아주었다 라고 쓰기 전에는 내가 어디 톱에 대해 거스러미만큼이라도 생각 해 본 적이 있었던가요 새벽 창을 열기 전 뭉게구름이 저렇게 귀신고래처럼 몰려와 우리 집 앞에 진을 치고 앉아있다는 걸 알지 못했듯이 짐작이라는 단어가 살아있으니 이 짐작이라는 단어가 살아있는 짐작을 급하게 읽느라 짐짝처럼 생각할지도 그러나 세상은 어젯밤 열시 삼십분 푸른 밤하늘에 실오라기 하나 걸치지 않은 노란 달처럼 명쾌한 이

치로 떠있을 것이므로 뭉게구름은 새털구름이 되고 새털구름은 흔적도 없이 사라질 것이며 어제 보름 하루 지난 노란 달은 보름달보다 더 환하고 더 둥글었으며 보름 하루 전 겨울아이로 태어난 나는 엣취! 발톱의 서늘한 추위에 덧씌워지기 전에 종이가위나 종이손톱깎이를 제 자리에 정리해두는 법을 잊지 않아야겠습니다

경우의 수

경우는 산나무가지를 던진다

산나무가지가 다섯 개 남는다
산나무가지가 두 개 남는다
산나무가지가 마이너스 한 개

경우는 여러 가지 경우의 수를 생각해 본 적이 없다
마이너스는 더 더욱

산부인과 문을 열고 들어서기 전까지
자궁에 자두만한 혹이 다섯 개 있다는 걸 모르듯이
질 가장자리에 오돌도돌 한 것이 사마귀인 줄 모르듯이

의사는 밝은 시력을 가지고 있다

콘택트렌즈에 의해서거나 아니거나
각막교정술에 의해서거나 아니거나
네모난 안경에 의해서거나 아니거나

경우는 수술대 위에 누워 우경을 생각한다
　　　　나 아니면 너
　　　　너 아니면 나
그리고 우리의 분신이 산산조각 나는

경우는 결코 우경을 초대할 수 없다
우경은 경우에게 올 수 없다
경우가 받은 초대장을 갠지스 강가에 등불로 흘려보냈
으므로

많이 어지러우시죠?
간호사가 와서 팬티를 입혀준다
질 속 깊이 박혀있던 솜뭉치가 소독용 에탄올에 잠겨
붉은 동백꽃봉오리로 번져간다

Gray Yang

―그레이 양의 멧돼지처럼 두꺼운 혓바닥

여기 투명한 꽃이 있습니다. 여기 투명한 꽃이 없습니다. 여기 파란 꽃이 있습니다 여기 파란 꽃이 없습니다 여기 담뱃불에 지진 동전이 있습니다 여기 담뱃불에 지진 동전이 없습니다 여기 털 달린 지폐가 있습니다 여기 털 달린 지폐가 없습니다 여기 자폐증 초등학생이 있습니다 여기 자폐증 초등학생이 없습니다 여기 폐쇄적 중학생이 있습니다 여기 폐쇄적 중학생이 없습니다 여기 착한 착화탄이 있습니다 여기 착한 착화탄이 없습니다 여기 아버지를 목 졸라 죽인 아들이 있습니다 여기 아버지를 목 졸라 죽인 아들이 없습니다 여기 피 묻은 밧줄이 있습니다 여기 피 묻은 밧줄이 없습니다 여기 피 넘치는 드럼통이 있습니다 여기 피 넘치는 드럼통이 없습니다 여기 토막난 어머니가 누워 있습니다 여기 토막난 어머니가 누워있지 않습니다 여기 집단성폭행 당한 누나가 있습니다 여기 집단성폭행 당한 누나가 없습니다 여기 시체 위에 올라선 봉고차가 있습니다 여기 시체 위에 올라선 봉고차가 없습니다 여기 칼들이 안개처럼 자욱하게 깔린 옥상이 있습니다 여기 칼들이 안개처럼 자욱하게 깔린 옥상이 없습니다 여기 보랏빛 수국 요강이 있습니다 여기 보랏빛 수국 요

강이 없습니다 여기 요가하는 선생이 있습니다 여기 요가
하는 선생이 없습니다 여기 태권도 하는 제자가 있습니다
여기 태권도 하는 제자가 없습니다 여기 두만강으로 들어
가는 배가 있습니다 여기 두만강으로 들어가는 배가 없습
니다 여기 요기 저기 조기 요단강이 있습니다 여기 요기
저기 조기 요단강이 없습니다 지금 막 긴 잠에서 깨어나
는 새벽, 푸른 초승달이 노란 앵무새를 퇘, 퇘 뱉아냅니
다

생식기

 그는 모든 게 자연스러워 보였다 심장박동소리도 박자를 놓치지 않았고 낭만의 깃털마저 깃든 것 같았다 그는 뭔가 해야 했다 그의 엉덩이는 개체수를 늘이기 위한 본능적인 모습으로 보기에도 아름다운 엉덩이였다 그의 엉덩이는 호주머니 깊이 손가락을 찔러 넣고 늘 뭔가 골똘히 생각하고 있는 듯 했고 그의 엉덩이는 흘러내리는 엉덩이를 찾아주거나 엉덩이의 가출신고의 수고도 아끼지 않았다 그의 엉덩이는 가끔씩 불만을 토로하며 담배를 찾았다 내 엉덩이는 왜 이 모양이야 아니면 너의 엉덩이를 한 입에 삼켰을 텐데 그의 엉덩이는 그의 엉덩이를 위로할 줄 알았다 그의 엉덩이는 이론의 정의로움만 빈 접시 앞의 종이 포크처럼 들고 있는 건 아니었던 것 같다 그의 엉덩이는 가끔 빈 접시 위에 황소를 쓰러뜨렸으며 많은 엉덩이의 환호를 받으며 황소의 엉덩이를 잘게 잘라 공동체에 기부하기도 했다 많은 엉덩이들이 세계로 수출되고 밀반입되기도 했다 15곱하기7은 105 그것은 고속도로 공동화장실 앞에 붙어있는 세계 만인의 구구셈이었고 공동이나 동공의 산물이었다 그런 산물들의 선물은 항상 늘 그랬듯이 자연적이거나 일반적이거나 세속적인 것이었

다 중요한 건 그의 엉덩이의 판단이었다 그의 엉덩이를
어디에 붙이고 앉으려나 바로 그것이었다 그의 엉덩이의
판단만이 너의 엉덩이를 불러올 수도 우리의 엉덩이를 불
러올 수도 있다는 동물적 직관력을 피할 수 없다 중요해
서 너무나 중요해서 그의 엉덩이가 그의 엉덩이도 모르게
몇 번이나 '저장하기'를 누르듯이

셔틀콕

그는 어디로 간 것일까 그의 발목에는 전기 그물망이
촘촘히 채워져있다는데 모기 한 마리 발목 근처 다가가기
만 해도 감전되어 생을 놓아야 한다는데 누가 그의 곁에
갈 수 있을까 죽음을 무릅쓴 자 만이 그의 곁에서 최후를
맞이할 수 있다는데 그의 생이 불쌍한 걸까 그의 곁으로
가는 생이 불쌍한 걸까 불상을 모신 절이 불쌍한 걸까 불
상을 버린 절이 불쌍한 걸까 이 글을 쓰는 자의 생도 불
쌍하고 이 글을 쓰지 못하는 자의 생도 불쌍하다 각자의
생을 구하지도 못한 채 각자의 생을 불쌍히만 여기다 죽
은 불쌍한 불상은 담벼락 속에 한 조각 빈병 맛으로 발견
되곤 한다는데 능소화 무덤에 살아있는 고통의 이빨을 뽑
는 저승사자들이 장독귀신의 탈을 쓰고 맨발로 기다리고
있다는데 굶주린 장독처럼 빙 둘러앉아 진달래 화전 부치
던 수국들이 꽃잎 향기가 지글거리는 이 순간을 '진달래
동산에서 돌아온 셔틀콕'이라 이름 붙였다는데 개구리알
처럼 하얀 막으로 덮인 눈으로 보긴 보아도 그가 진달래
꽃을 닮긴 닮았다는데

해운대, 버석거림, 커피 그리고 케이크, 마술카드, 먹지 못하는 시체들 앞에서

– 언니, 귀 안을 들여다 봐
피고름이 고여 있어
눈알을 빼서 귀 안을 들여다보는 눈알

언어들이 조개껍질처럼 하늘로 떠올랐다 웅성거리는 처방전을 들고 어설프게 줄을 선 인파들 언어들이 마술카드처럼 비밀스럽게 몸을 바꾸었다 조용히 밤을 베어 먹다 환호성을 지르는 유람선들 빛이 입 안으로 쏟아졌다 항문으로 빠진다 아니면 누군가 억지로 손가락을 넣어 빼낸다 가운데 손가락을 쪽 빤다 사방의 벽이 똥칠 되어 있는 바다 그 바다 한 가운데 수평선이 살고 구름이 살고 홍옥공주가 산다 변하지 않는 녹슨 유람선의 시간 빛이 물고기를 밟으며 지나간다 괭이 갈매기는 일찍 선글라스를 벗어 놓고 잠이 들었다 주연의 양복은 바다 한 가운데 송장처럼 누워있다 뚜껑을 열지 못한 관을 안고 살진 비둘기들이 송장의 집 베란다에서 구구거린다 더 이상 빼먹을 눈알이 없다는 듯 미역이 걸쳐져 있는 눈알이 빠진 자리 물고기들이 산에 갈 때 드나드는 동굴 밤새 꽃을 해산한 나무늘이 죽어갈 때 바라보던 별이 잠시 눈길 주는 곳 언니, 잉어, 인어, 안개 낀 섬 이런 말들이 마술카드처럼 돌고 도는 안개 모래의 밤

볼트

트럭이 오고 버스가 지나갔습니다
그렇다고 부딪히지는 않았습니다

사람이 가고 사람이 왔습니다
정류소는 그대로입니다

의자가 앉았다가 일어섭니다
미음과 비읍으로 구겨집니다

양육과 양식은 같은 방식으로 길러집니다
대관령 거위들은 볼링장을 지었습니다

고등학교 교문이 거위의 지문을 지웠습니다

형식적인 것은 언제나 내용을 담보로
거위를 몰고 들어갑니다

염을 하는 시간들

나에게 갔을 때 나의 몸은 따뜻했다 나의 따뜻한 몸을
누군가가 다가와 염을 하기 시작했다 '나는..아직 따뜻해
요..' 나의 몸속에 있는 목소리가 몸 밖으로 나가지 못했
다 아직 따뜻한 나는 탈지면을 먹어야 했고 굵은 천일염
소금을 먹어야 했고 손톱 발톱을 깎는 중이어야 했다 하
얀 면장갑이 아직 따뜻한 나의 손등을 덮고 하얀 버선이
아직 따뜻한 나의 발등을 덮었다 '나는..아직...따뜻해
요...' 아직 따뜻한 나는 기저귀를 차고 오렌지빛 한복을
입었다 아직 따뜻한 나는 오렌지빛 한복을 좋아했다고 나
의 나가 울먹이며 말했다 아직 따뜻한 나의 목에 변성기
수술 자국이 반달무늬토끼처럼 남아있다 가족 친지 친구
모두 모이라고 한다 마지막 인사를 하라고 한다 그들은
아직 따뜻한 나의 머리카락에 이마에 두 뺨에 코에 인중
에 입술에 턱에 키스를 한다 아직 따뜻한 나는 얼굴이 전
부인 생이 아니었는데 어느새 얼굴이 전부인 생이 되어버
렸다 고개 숙여 우는 사람들 등 뒤로 오전 8시 28분 시곗
바늘이 아직 따뜻한 나의 쌍꺼풀 없는 눈동자에 목테갈매
기의 날갯짓처럼 멈춰 서 있다

메리크리스마스 이브

안녕 쇠로 만든 장화야

이제 ─ 너랑 헤어질 시간이네

내가 나의 발목을 연거푸 잘라서

자주빛 고구마의 입술이 두터워졌구나

푸하하

산타는 오래전 기차역에서 실종되었는데

너는 열여섯 개의 얼굴로

우비는 젖고/우비는 마르고/우비는 울고/우비는 눈을
뜨고

안녕 웃으며 떠난 사람들이 하나 둘 다시 떠나가고

너 위에 배꼽
너 위에 일곱 발자국

눈 덮인 설산에
너도 가고 나도 가고

절친의 행진은 어디에서나 폼 나지

배알

오래 기다렸니 납양 특집처럼 식육창고는 늘 얼얼해 트
위터의 파랑새는 얼음나라로 훨훨 날아가고 인간세상을
하직하고 싶은 강아지는 스스로 목줄을 잡아당기는데 아,
잠깐 아직 이러면 안되는 거잖아 포도가 덩굴째 굴러 들
어왔는데 같이 나누어 먹을래 너는 동쪽 너는 서쪽 너는
남쪽 너는 북쪽 너는 동북쪽 너는 동남쪽 너는 남서쪽 너
는 남동쪽 누가 보면 어쩌려고 글쎄 그럴 리가 없다니까
여기는 안전해 이제 일을 마쳤어 포도주들의 주둥이들이
어찌나 붉든지 지퍼 열린 바지가 다 붉게 물들었네 자 일
어나 이제 걸어 다니는 황금동상을 배알하러 가야지 귀여
운 강아지가 황금불알을 주둥아리에 넣고 오른쪽 왼쪽 굴
리고 있다는데 살살 녹는다는데 배알이 끊어지는 줄도 모
르고

식칼

형이 참회한다면 형은 향기로운 복숭아가 될 거야 너의 마지막 충고였다 언젠가 만 겹의 책이라는 이름의 강가에서 본 노을처럼 오렌지와 빨강이 뒤범벅된 녹슨 복숭아가 된다면 그 또한 괜찮은 생이라는 생각을 했다 생각을 하고 있다는 것 그것보다 더 괜찮은 시간은 일회용 나무젓가락처럼 자주 주어지지 않는다 잠결에 없는 이불을 끌어다 덮듯 너를 끌어다 덮었다 없는 잠결에 없는 목이 베이듯 어제의 목이 베였고 어제의 빗방울의 흔적이 없어 현재와 미래의 빗방울들이 웅성거리기 시작했다 사립탐정은 실마리를 찾지 못했고 국과수에서 인적자료관련차 잠시 방문을 했으나 방문을 찾지 못해 돌아갔다 너는 방문 밖을 나오지 않았다 너의 마지막을 보지 못했지만 너는 녹슨 노을이 되는 생을 기꺼이 맞이했으리라고 단정했다 단정은 얼마나 흉악한 괴물의 이빨인가 단정한 괴물이 대서의 하늘에 큰 숟가락으로 버터를 펴 바르듯 번지르르한 이마를 드러내고 있다

푸른 리본

땀을 비 오듯 쏟고 있는 선풍기들이 푸른 리본을 달고 서울역 앞에 앉아있다 나와 아기는 푸른 리본 4호선 역 에스컬레이터로 내려간다 품에 안긴 아기에게 지나가는 닭들의 콕콕 쪼는 모습에 경기 들지 말라고 등을 토닥거린다 푸른 리본 4호선이 방금 전역을 출발했다는 안내방송이 흘러나온다 푸른 리본 4호선은 오 분 후에 온다 오분 동안 나와 아기는 선로에 서서 푸른 리본을 그린다 운좋게 오 분이 지나고 나와 아기는 퇴근길 러시아워의 시간인데도 지하철 133호 가 5-5호 여성배려칸에 운 좋게 들어갔다 임신부 임산부 비임신부 비임산부에 둘러싸여 담배를 피웠다 호루라기가 울리고 강제하차명령이 떨어졌다 나와 아기는 황해 바닷가 마을공동체에서 구입한 말잘 듣는 미소캔들처럼 바닥에 굴러 떨어졌다 무릎이 알맞게 익은 갓김치처럼 찢어졌다 찢어진 무릎을 아기와 나는 즉석에서 짜집기했다 푸른 리본 4호선 역으로 되돌아가기 위해 지나쳐온 호로-구호-미호-짜호-고호 다섯 구역을 지나간다 셀룰러폰으로 다운 받은 아메리카노 쿠폰처럼 부드럽게 생긴 구미호 한 마리가 나타나 파란 리본을 건네준다 아기와 나는 푸른 리본을 즐겨 마신다 푸른

리본은 아무리 마셔도 질리지 않는다 아기와 나는 꿈을
꾸고 있는 건가 아기와 나는 바닥까지 질질 끌리는 기다
란 황금 꼬리를 공중에 들어 올려 쌍점을 찍었다 곧 파란
성주참외가 출시된다는 액정화면이 떴다

멍게와 미나리

발목을 삐었어
얌냠
하늘빛 리본이 흘러내려
앗, 조심 버스계단 레이스치마
액세서리 자판의 테이블보를 물고 있는
악어 같은 집게의 입
리본을 만지는 아이 엄마의 손아귀에 목 졸린 푸른 지
폐의 비명
내 귀는 지상의 공명판
내 눈은 지하의 공명판
멍게의사가 미나리 무릎에게 봄의 실핏줄을 이식하는
센텀 6번 출구 오디토리움 태극기 흘러간다
 오전 열한 시 오 분 빛이 닿은 지구의 공간은
극심한 미세혈관의 막힘에 의한
인어비늘빛 아름다움
죽을 수도 있어
수술대 위에 남은 붉은 시트 한 장
미나리 무릎 안에 들어있는
멍게의사의 수술가위를 꺼낼

목련의 두껍고 부드러운 상아빛 가운이 필요해

잠시 길을 떠나는 건 목련의 단추를 어디에 떨어뜨렸는
지

기억이 나지 않아서이지

여기가 어디지

참 오래만의 적막의 전구이구나

목련, 꽃

피의 일요일

그들은 싸리나무 빗자루와 하얀 곰팡이 핀 메주를 마당에 거꾸로 걸었습니다

싸리나무 빗자루는 하늘을 올려다보며 휘파람을 붑니다.

마당에 핀 목화솜이 두둥실 굴 껍데기처럼 떠다닙니다. 아닙니다. 귤 껍데기입니다.

만져보니 뭉클 생굴입니다 아닙니다. 반달곰의 웅담입니다.

옆에 서 있던 루가 구부린 손가락 마디로 하얀 곰팡이 메주를 툭툭 건드려봅니다

뭐야 이거 스티로폼이잖아

하하

우리는 깜빡 속았습니다.

우리는 깜빡 속을 뻔 했습니다.

다행히 끝까지 속지는 않았습니다.

메마르고 갈라진 입술이 살짝 피에 젖었습니다.

혀로 입술을 핥으니 피비린내가 목구멍을 넘어갑니다

하하

앞으로도 많이 속을 것입니다.

그러나 다행히 그 때도 끝까지는 속지 않을 것입니다.

목화솜들이 빨강 파랑 분홍 단추처럼 두둥실 떠다니며 하얀 이빨을 드러냅니다

같이 웃어 줄 때가 가장 좋을 때라는 걸 안 지 십분 밖에 되지 않았습니다

참 좋은 악양면의 일요일 정오입니다

벚꽃 바느질

웅덩이 속에 할머니가 관을 씻고 있습니다 호스가 짧아 할머니의 머리를 덧댑니다 머리가 없는 할머니가 관을 씻고 있습니다 호스가 짧아 할머니의 팔을 덧댑니다 팔 없는 할머니가 관을 씻고 있습니다 호스가 짧아 할머니의 등을 덧댑니다 등 없는 할머니가 관을 씻고 있습니다 아프리카보다 길고 아메리카보다 길고 한반도 꼬리보다 길고 긴 관을 씻고 있습니다 간이 없는 할머니는 가끔 창자가 남기고 간 주름을 꺼내 호스에 덧댑니다 혀가 남기고 간 호흡을 뽑아 호스에 덧댑니다 양손으로 뽑고 뽑아도 화단의 토끼풀처럼 자라나는 할머니의 관은 풀 베는 기계차가 서너 번 지나간 뒤로는 맥을 못 춥니다 목도 없고 팔도 없고 등도 없고 간도 없는 할머니의 틀니는 옥시경매에서 인기상승 품목 중 하나입니다 '사위가 보고 싶다'는 뜬금없는 말을 하는 할머니의 틀니는 인간의 간의 간을 보며 관을 씻고 있습니다 물방울처럼 동그랗고 투명한 평화실버정신병원 면회실은 아름다운 넘버원입니다

별

　남해 보리암에 갔다 별 보러 별 볼일 없는 밤이 될 거라고 그가 투덜거렸다　별 볼 일이 많았다 하늘에서 별이 쏟아졌다 해수관음보살 등 뒤로 별이 쏟아졌다 봉고차에서 세 연인이 내렸다 해수관음보살 앞에 가서 절을 했다 양말과 무릎이 축축이 젖었다 비구니가 염불을 했다 자꾸 물이 차올랐다 법당 안에 물이 범람했다 비구니는 염불을 했다 중생들은 염불을 했다 중생이 없다고 했거늘 부처님의 자비로운 얼굴이 물속에 잠겼다 별 볼일 없는 읍내에 별이 떴다 호프집에도 별이 떴다 주유소는 별의 주둥이를 마개로 막아버리고 문을 닫았다 자동차는 거리에 서 있었고 별들은 마스크를 하고 제사를 지냈다 여관마다 불이 반짝거렸다 트리의 꼬마전구들이 파랑, 빨강 싱글침대 비단이불 위로 떨어졌다

어린이 보호구역 김순록 주무관
썰매를 타고

　밤 열한시 마을버스 6번을 타고 수상한 꽃동네로 들어가고 있습니다 서너 정류소 갔을까요 위胃 저 깊은 곳에서 밤 향기도 아니고 매미 향기도 아니고 고양이 향기도 아니고 개 향기도 아닌 향기들이 스멀스멀 피어오르더니 곧 닭발처럼 웅성거리기 시작합니다 쏴아 밥알들이 씻겨 내려가는 소리 흰 파도처럼 들리더니 쏴아 말매미들이 밥내놔라밥내놔라밥내놔라 귀청을 찢습니다 오전에는 구청 어린이 보호구역 김순록 주무관에게 안전에 관한 열일곱 번 째 전화를 드렸습니다 방학 중인 어린 말매미들이 개학 후에는 사차선 도로를 안전하게 건너갈 수 있도록 경찰서 보호소에 머물고 있는 '횡단보도'를 데리고 오는 입양길이 열리기를 간절히 바라면서 말입니다 그러나 아직 경찰서 보호소에 머물고 있는 '횡단보도'를 데리고 오는 일은 힘이 듭니다 이름 모를 향기는 속을 긁고 나는 입덧을 하듯 토하려고 합니다 기사아저씨! 우엑우엑 마을버스를 잠시 세웁니다 토악질을 하기도 전 마을버스는 바이바이 떠나갑니다 말매미는 더욱 요란하게 울어댑니다 떠나지마떠나지마떠나지마 마지막 마을버스는 덩치는 작아도 기운이 센 막차입니다 토한 자리에 이삼순 외할머니가 자주 끓여주시던 토란국 한 송이 피어있습니다

194

조제와 아리안타

조제가 아리안타에게 말했다
재즈연주가 끝나는 순간을 기다려줄 수 있냐고
아리안타는 고개를 끄덕였다
두 발을 모우고 발끝을 바라보며
진토닉을 만지작거렸다
아리안타는 졸고 있었다
아리안타는 계속 졸고 있었다
아리안타는 줄곧 졸고 있었다
진토닉은 줄어들고
진토닉은 늘어나고
재즈는
통바지처럼 길어지고
핫팬츠처럼 짧아지고
새우크림파스타처럼 데워지고
단호박크림스프처럼 끓여지고
북한산 마처럼 구워지고 있었다
"아리안타"
"조제"
서로를 간절히 불렀다.

시인

토마토에게 길에 떨어진 동전을 줍지 말라고 했어

그건 키위의 영혼

동전을 주워가버리면 키위에 들어갈 영혼이 없어지니까

그건 너무 슬프고 잔인한 일

현대 음악을 감상하러 가는 길

플롯과 바이올린과 콘드라바스

까만 댄디 턱시도 룩을 입은 지휘자랑 마주보고

열 개의 접시를 깨뜨리는 에브리데이 모닝 스트라이프 고양이

의자에 앉아있던 사람들이 모두 일어나 의자를 창밖으로 던지고 환호성을 지른다

키위의 영혼은 어디로 날아간 걸까

아무도 궁금해 하지 않았다

너는 지나친 감수성이야

지적질이 고양이 발톱처럼 익숙했다

동전은 토마토 저금통 속에 쌓이고

멀리 날아가지 못하는 몸은 밤새 창을 두드린다

키위 씨앗이 입안에서 터지는 속도와

토마토가 동전을 줍는 속도는 반비례한다

슈니 해머가 인터넷 중고 사이트에 뜬 날

골목 모퉁이를
돌고 있을 때

공룡 두 마리가
튀어 나왔다

헉!

눈을 뜨니 꿈이다

영화를 보다가
너구리 털을 쓰다듬으며

오늘 밤에 잘 때는
너구리 털이 몇 개 심어져있는 패딩을

안고 자야겠다고
생각한 적이 있다

딸기를 씻을 때
월급 받으면

딸아이를 위한 수제 접시 하나 구입해야겠다고
마음을 먹은 적이 있다

하얀 슈거파우더를
입가에 묻히며

슈니발렌을 먹을 때

돌아오지 않는 애인을
생각하고 있지 않다고

창가에 쓰는 건
우스꽝스러운 일

그러나 나는 전혀 우습지 않다

그런 일들이
누구에게나 있는

흔한 우스꽝스러운 일이라는 걸 알기까지
삼십년이 흘러갔으므로

다행히
슈니발렌을 내리칠

슈니해머가

중고인터넷방에
떴다.

봄, 우체국

오지 않는 너를 기다린다

언젠가는 오리

오리 쯤 걸어갔을 때 군밤이 툭 가랑이 사이로 떨어졌다

십리 쯤 걸어갔을 때 오른 팔이 툭 냇가로 떨어졌다

이제 안녕

리라 안녕

아이스링크장에는 늘 미역국이 흘러넘쳤다

날마다 생일이 아닌 자가 없었으므로

날마다 죽지 아니한 자가 없었다

지정석 같은 슬픔의 방식은 수중 터널을 지나 욕지도로
걸어가고 있는 중인데

죽을 때까지 걷겠다고 한

리라의 체온이

이마트 지나 이 미터 커다란 거울이 달린 면사무소 외
벽을 지나고 있다

붉은 넝쿨 장미와 검은 고양이와 하얀
자동차들이 말을 하기 시작한 그 즈음

학교 앞에서 아이를 기다리는 동안
뜨겁게 프라이팬을 달구던 장미들이 식어갔다

장미 치과에서 이를 뽑던 꽃잎들이
오른쪽 뺨에 오른 손바닥을 올리고
하나 둘 바람에 날려갔다

장미속의 붉은 피들이 고양이 꼬리처럼 빙빙 돌고 있었
다
정오의 햇살이 장미의 정맥에 빨대를 꽂고 흡입이라는
호흡을 시작했다
장미의 입술이 프로포폴처럼 하얗게 변해갔다

아무도 말을 하지 않았지만
아무도 숨을 멈추지 않았지만

장미를 바라보는 푸른 마스크 눈동자들은
곧 일어 날 일들을 알고 있는 듯 했다

시간의 경과에 따라
수술과 암술의 결과는 진료카드에 기록될 것이다

장미중학교 아이들이
자기주도적 수업을 마치고 교문 밖으로 쏟아졌다

자기주도적 수업의 결과에 대해서는 의견이 분분했다

장미 넝쿨 사이로 검은 고양이가 어슬렁 걸어가고
그 담벼락 아래
자동차가 수면마취제 맞은 장미처럼 하얗게 누워있다

자갈마당 재민이

  뜨거운 화롯불에 익은듯한 적색 토마토 속에 파가니니
의 칸타빌레 라장조 선율이 흐릅니다 엉덩이가 토실토실
한 돼지 등위에는 밤송이처럼 생긴 토마토가 털 없는 빨
간 쥐를 뜯어 먹고 있습니다 강아지 두 마리는 깊은 잠에
빠졌습니다 토마토의 몸에서 열이 납니다 문이 삐걱- 열
립니다 토마토의 얼굴에 좁쌀처럼 파란 지문이 생겼습니
다 미군들이 오가며 파란 지문을 혀로 핥아줍니다 문안의
거실에 보라 양탄자가 깔려 있습니다 재민이가 언니들 틈
사이로 뛰어 들어갑니다 미군들이 잿빛 러닝을 입고 하나
둘 하나 둘 아령을 들고 다락이 있는 좁은 방의 계단을 깔
깔 웃으며 오르내립니다 빨간 머리띠를 한 언니가 햇살이
들지 않는 높은 벽에 비스듬히 기대어 담배를 피우고 있
습니다 벽이 벽에게 벽을 낳으러 간다고 윙크를 합니다
벽 사이가 너무 가깝습니다 벽은 벽 속으로 들어갑니다
비가 내리고 자갈이 잠시 젖었습니다 해가 비치더니 자갈
이 잠시 말랐습니다 재민이는 바이올린을 몸속으로 삼킨
듯한 연주를 계속 이어가고 있습니다 거북이가 말하기를
"바이올린 선율입니다." 묻지도 않은 말을 했습니다 "그
렇군요" 묻지도 않은 대답을 했습니다 그렇게 성의를 다

해 대답했지만 재민이는 오늘도 보라 다락방에서 내려올
줄을 모릅니다

밥

  방금 지은 곱슬곱슬한 잡곡밥에 간장을 뿌리면 밥이 묻
는다 왜 내 몸에 간장을 뿌려요? 너를 더 맛있게 먹으려
고 방금 지은 곱슬곱슬한 신생아 머리에 제초제를 뿌리면
신생아는 묻는다 왜 내 머리에 제초제를 뿌려요? 너는 울
지 못하게 하려고 너는 고분고분한 아이로 훌륭하게 자라
날 거야 사랑하는 아내의 팬티에 염산을 뿌리면 아내는
묻는다 왜 내 팬티에 염산을 뿌려요? 당신은 얼굴만으로
도 충분히 아름다워 자궁 따위는 쓸모가 없어 바람에 흔
들리는 롤스크린을 돌돌 말아 빨간 송곳을 꽂아두면 롤스
크린은 묻는다 왜 내 얼굴에 빨간 송곳을 꽂아요? 밥이나
먹자 밥은 밥 위에 올라가 고봉밥이 된다 밥은 밥밑에 내
려가 고봉밥이 된다 식은 밥은 묻는다 왜 내 위에 올라와
요? 뜨거운 밥은 묻는다 왜 내 밑에 내려가요? 어중간한
밥은 밥알이 붙은 주걱을 들고 서 있다 주걱은 묻는다 왜
나를 들고 서 있어요? 이 밥알은 다 무엇인가요? 열무국
수가 새벽에 들이닥친 성홍열처럼 불쑥 검은 가위와 은빛
집게를 들이민다

뜬그멉 씨와 말복 씨

딩동! 단호박떡이 배달되었습니다 뜨근뜨근 손이 가볍
습니다 살랑살랑 폭염의 바람도 잠자리날개입니다 식혜
와 오미자차는 멀리서 강아지 떼와 고양이 떼처럼 달려옵
니다 그 모습이 아름다운 자줏빛감자 같습니다 분홍빛 마
고자 황금단추 같습니다 오, 어서들 오렴 꿀떡꿀떡 꿀떡
입니다 설겅설겅 설익었습니다 뜬금없이 말복입니다 뜬
금없이 가을입니다 오, 이 일을 어쩌지요 아직 옥상에는
병든 어머니가 빨랫줄에 널려있는데

김치 컵라면

 어두운 사무실에 홀로 앉아 컵라면을 먹는다 컵라면 속에는 김치가 있고 김치컵 라면은 진짜 컵라면이다 딸이 준 볼펜은 심이 들어있고 진짜 심이 들어있는 진짜 볼펜이다 입동이 되면 정말 겨울의 문은 세워지는 걸까 손난로를 데우며 겨울이 오기는 온다는 걸 입동은 진짜 입동이다 그러면 소멸되어가는 것은 무엇인가 입동도 되지 못하고 김치컵라면도 되지 못하고 심이 없는 저 볼펜은 왜 기자들에게 둘러싸여 있는가 가지나물은 가지를 품고 숙주나물은 숙주를 품는데 왜 금빛배지는 하릴없이 거리를 쏘다니는 낙엽이 되어 한 줌 바람의 손아귀에 부서지는가 뒤풀이 집회시간이 끝나가는데 나는 대답 없는 문장들에 둘러싸여 난로도 없는 컴컴한 동굴 속에서 컵라면을 끓인다

매미경

말매미가 방충망에 붙어 있습니다 샤워를 끝내고 다시 돌아와 보아도 붙어 있습니다. 자세히 보니 발가락이 여섯 개입니다. 몸 테두리는 금색입니다 여섯 개의 발가락이 방충망을 움켜쥐고 있는 것도 아닌데 바람에 날아가지 않고 잘 붙어 있습니다. 긴 날개가 붙어 있어 아주 멋진 말매미입니다. 그 발가락이 참 대견하다는 생각이 듭니다. 그 발가락이 참 밉다는 생각이 듭니다 그 발가락이 참 고맙다는 생각이 듭니다 그 발가락이 꼭 필요하다는 생각이 듭니다 그 발가락이 꼭 필요하지 않다는 생각이 듭니다 이 많은 생각이 지나가는데 십초 밖에 걸리지 않았습니다 이 많은 생각을 적는데 오초 밖에 걸리지 않았습니다. 나의 생각은 믿을게 못 됩니다 침대 위에서 늦잠을 자는 나의 생각도 믿은 게 못 됩니다 그러나 나는 나를 믿고 새벽에 일어나서 샤워를 합니다 침대 위에서 늦잠을 자는 나를 믿고 방금 오렌지나무에서 따온 오렌지를 오븐에 굽습니다 오렌지는 동그랗고 말매미는 납작합니다 방금 오븐에서 나온 핫한 문제들입니디 문제의 열기는 아직 식지 않았습니다 이 많은 문제를 푸는데 단 삼초 밖에 걸리지 않았습니다 수박 접시에 누워있는 잘 익은 말매미가 꿈틀꿈틀 허물을 벗고 있습니다.

열매속의 열매나 나무속의 못이나
벌레 속의 벌레나

– 납세자의 날

불어오는 바다 바람에 날아가 버리는 모자
무정하다

새벽마다 길모퉁이에 서서 가로등을 기다리는 노란 산
수유
유정하다

냉동 사과를 팔기 위해 필사적으로 사과의 탑을 쌓아놓
고
지폐의 관을 마련해 둔 푸른 트럭

어긋난 발목을 끌고 연초록 두부 같은 하루가 흘러간다

언제 할 일을 제대로 할 것인가

새벽의 달은 맑고 구슬픈 산수유 가지로 만든 붉은 모
가지를 가진 피리소리

〉

늘리리릴 늘리리릴

묘시卯時에 수평선 새소리는 짓이긴 듯 푸른데

중도

동쪽에서 햇살이 쏟아졌으므로 거위들이 날개를 펴고
훨훨 날아갔습니다 거위들이 날개를 펴고 훨훨 날았으므
로 연못에 흰 알이 떨어졌습니다 연못에 흰 알이 떨어졌
으므로 개구리들이 흰 알 위로 뛰어 올랐습니다 개구리들
이 흰 알 위로 뛰어올랐기에 파문이 생겼습니다 파문이
생겼기에 연못 가장자리의 풀들이 씻어졌습니다 풀들의
얼굴이 씻어졌기에 이슬들이 놀라서 연못 밖으로 뛰어내
렸습니다 이슬들이 놀라서 연못 밖으로 뛰어내렸기에 쑥
들이 쑥 땅 위로 솟아올랐습니다 쑥들이 땅위로 쑥 솟아
올랐기에 산책 나온 송아지들이 쑥을 먹습니다 산책 나온
송아지들이 쑥을 뜯어 먹었기에 똥에 쑥이 섞여 나왔습니
다 똥에 쑥이 섞여 나왔기에 자줏빛 감자들이 모여들었습
니다 자줏빛 감자들이 모여들었기에 자줏빛 감자꽃이 피
었습니다

파랑 나귀와 빨강 말

길을 걸었다는데 무작정 길을 걸었다는데 낙타 여인숙
은 나타나지 않고 그래서 또 길을 걸었다는데 십 리 이십
리 백 리 걸었다는데 나귀 여관은 나타나지 않고 그래서
또 강을 건넜다는데 백 리 이백 리 삼백 리 강을 건넜다
는데 흑마 모텔은 나타나지 않고 그래서 또 강을 건넜다
는데 천 리 이천 리 삼천 리 강을 건넜다는데 뗏목 호텔
은 나타나지 않고 그래서 다시 만 리 이만 리 삼만 리 산
을 건넜다는데 등불 맑은 집은 나타나지 않고 컹컹 개 짖
지 않는 집은 나타나지 않고 저녁연기 모락모락 올라오지
않는 굴뚝은 나타나지 않고 지푸라기 타지 않는 헛간은
나타나지 않고 음메 소 우짖는 소리 나타나지 않고 나귀
도 없고 말도 없고 소도 없고 쇠코뚜레 파는 장터 아제는
코뚜레 자리 비워두고 어디로 갔을까 음메 코뚜레 없는
소는 울지 아니하고

제6부

인간의 얼굴

인간의 얼굴

A-1

오렌지 푸딩들이 침대 위에 페르세우스 유성우처럼 뿌려져 있다.

그와는 정사는 정석대로 흘러갔고 시계는 정확히 밤 9시 55분을 지나고 있다.

그는 열시 쯤 그의 집에 닿을 것이고 그이의 아름다운 아이들은 팔월의 복숭아처럼 불그스레 노을 든 아빠의 뺨에 부드러운 얼굴을 부빌 것이다. 그가 좋은 아빠라면.

A-2

그의 체모가 내 얼굴에 와 닿을 때쯤이면 루비와 조약돌은 불안하게 보이는지 끙끙 앓듯이 짖는다. 그는 가느다랗고 하얀 손을 내저으며 저리가 저리가 밀어내지만 6개월 된 강아지 루비와 9개월 된 고릴라 조약돌은 그럴수록 더 성큼 다가와 그의 엉덩이를 핥는다. 그는 귀찮은 듯 엉덩이를 흔들어대지만 그럴수록 그의 성기기 틈 안에서 뜨거운 불 앞에서 프라이팬 손잡이를 붙잡은 것처럼 조여드는 바람에 나는 그의 등을 꼭 끌어안는다. 달아오른 축축한 혀는 지상의 소리가 아닌 듯 깊은 신음소리를 낸다

좀 살살해 그래 맞아 살살해야지 그의 등에 손톱자국이
나면 안 되니까.

A-3

저녁 9시부터 금식이다. 간호사가 다녀간 뒤 냉장고 속
을 뒤졌다. 별일 없을 거야 그는 창호지처럼 환하게 야윈
웃음을 띠며 주방에 있는 박제 물개의 등에 손을 얹었다.
조명 때문인지 그의 손가락이 독일수제맥주거품처럼 부
드럽게 보이고 약지 손가락의 18K 실반지는 가을 물안개
처럼 비시시 웃는 그의 미소를 닮았다. 그럼 별일 없지 무
슨 별일이 있겠어 라고 말하는 나의 심장은 조용히 손수
건을 접고 있다.

A-4

그와의 체위는 사과와 복숭아 같다.

사과: 할머니가 사과 팔고 있지 저 사과 꼭 사와
복숭아 : 할머니가 복숭아 팔고 있지 저 복숭아 꼭 사
와

218

〉

한번은 그가 사과를 사온다 찌그러진 검은 비닐봉지 속
에서 달팽이 냄새가 난다.

한번은 그가 복숭아를 사온다 찌그러진 검은 비닐종이
속에서 갈매기 냄새가 난다.

A-5

방이 없다.

주말이라는 것을 깜빡 했다.

우리는 어디서 성을 쌓아야 하나?

그의 핸드폰은 알록달록 보석이 박혀있다. 그의 아내는
내가 좋아하는 취미생활을 한다. 나는 그와 잠을 잔다. 그
는 아내와 자지 않는다. 그의 아내는 좋은 유기농 찹쌀로
맛있는 밥을 짓는다. 나는 그와 목욕을 한다. 그는 아내
와 목욕을 하지 않는다. 그의 아내는 그의 손톱과 발톱을
깎아준다. 나는 그의 손톱과 발톱을 처료 핥고 깨물고 애
무한다.

우리는 방파제에 차를 세우고 여섯 번 사랑을 나누었
다.

일곱 번 째 손가락이 질 속으로 깊이 갈매기 부리처럼 파고 들어왔다.

축축하게 젖어 들어갔다.

잘 씹어봐 씹새끼야 내 질 속에는 새우깡이 없는 걸

잘 씹었어 씹년아 네 질 속에는 새우깡이 많아

우리는 서로 사정을 할 때쯤이면 욕을 내뱉었다. 그리고 깔깔거렸다. 약속이나 한 듯이

과일을 먹지 못하면 어떡하지

격리된 동굴 속 과일박쥐들의 거꾸로 매달린 불안한 날개들처럼

우리가 항문을 질이라고 부르듯이

A-6

그의 아내가 찾아왔다.

그이랑 잤어요?

네

그의 아내는 말없이 돌아갔다.

그런 것이다 인생은 생각보다 시시한 것이다.

오 분 후 그는 머리에 큰 블루리본을 한 쌍둥이 아이들

의 손을 잡고 거실로 들어섰다.

A-7
아이들을 깨웠다.
너희 엄마에게 가야지.
싫어요.
그럼 너희 아빠한테 가든지
아저씨 땜에 우리 아빠가 집에서 쫓겨났어요.

계란 사러갈까?
계란 안 먹어요
우유 사러 갈까?
우유 안 먹어요

아저씨는 블루칩샐러드 잘 해요?
그렇다 나는 블루칩샐러드를 못한다,

A-8
아이들을 유치원에 보냈다

나는 학교에 몸이 아프다고 말하고 병원으로 향했다.
그는 회사로 갔다.

A-9
입원준비를 해야겠어요.
요즘은 암이 감기처럼 많군요.
그런데 이상하게 슬프지 않아요.
췌장암 말기라는데 슬퍼야 하지 않나요?
그의 아내는 내 말을 듣는지 안 듣는지 손톱만 물어뜯고 있다.
주방세트처럼 잘 정리된 단정한 손톱이다.
나는 그가 왜 당신에게 끌리는지 모르겠어요.
그가 당신에게 끌리지 않았으면 좋겠어요.
우리의 대화는 이렇게 단순한 것이다.

관습의 시대를 벗어난 아이스크림들은 팔월의 그림자 속에서 녹기 시작한다. 가로수에 몸을 밀착하고 있는 연인들이 늘어날수록 슬픔의 혀들은 서로의 어깨를 애무하고 눈동자들은 빗방울처럼 하수구로 흘러내린다. 밤의 모래사장에 누운 그는 가끔 음메하고 운다. 나는 그의 울음소리가 좋아 귀를 당나귀처럼 세우고 온 몸의 털을 곤두세운다. 아이들도 덩달아 음메 우는 시늉을 낸다. 우리는 깔깔 배를 잡고 웃는다. 방금 있던 슬픔들이 어디에도 없다. 삶은 그런 것이다.

A-10

관을 준비했다.

나를 위한 것이다.

그와 그의 아내와 아이들은 슬픈 듯 보였지만 눈물은 흘리지 않았다.

너에게 실반지를 줄게.

싫어

그는 사양했다.

나는 실반지를 꿀꺽 삼키려했지만 목구멍에 걸려 잘 내려가지 않았다.

물 좀 줄래?

그는 물을 줬다.

나는 화분이 된 듯 키가 쑥쑥 자라고 목구멍이 넓어졌

다.

실반지가 텅 빈 내장에 우주 정류소를 찾은 듯 안착하는 것이 느껴졌다.

서운한 생각이 무슨 말인지 잘 이해하지 못했다.

서운하다는 것은 노을 지는 해변에 앉아 수제다크초콜릿이 먹고 싶다는 뜻일 것이다.

하늘에서 양파들이 내려온다면 양파 볶음밥 어때?

그래 좋아

그는 양파를 좋아했다.

나는 기꺼이 그의 양파가 되어주었다.

8월의 양파가 가장 달콤했다.

A-11

그는 내가 누워있는 관 앞에서 말했다.

들어갈까

응

그는 들어왔다

사랑할까

응

우린 사랑했다.

그가 싫어하는 말을 할 필요가 없었다.

그게 사랑이라고 그는 호흡할 때마다 귓가에 속삭였다.

그렇구나.

나는 말이 없었지만 말을 기억하고 말을 간직했다.

형식이 사라진 사랑은 오래가지 못했다.

형식은 서로를 안타깝게 만드는 질료였다는 걸 알게 되었을 때 우리는 아직도 사회의 일원이라는 걸 실감해야했다.

문이 있지만 문으로 걸어 나가지 못하는 근육이 울퉁불퉁한 마네킹들이었다.

그는 관 밖으로 걸어 나갔다.

그는 인간의 등을 간직하고 있음을 스스로 증명해 보이듯이

그는 탄력 있는 엉덩이를 받쳐주는 허벅지를 움직이며 성큼성큼 바다로 뛰어들었다.

A-12

잠이 들었지만 옆의 관에서 나는 된장찌개 냄새에 잠이

깼다. 똑, 똑, 좀 드실래요? 감사해요. 된장찌개는 드문
맛이었다. 곧 강을 건너야 하니까 먹어둬야 했다. 옆의 관
은 친절했다. 옆의 옆의 관까지 문을 두드려가며 된장찌
개를 돌렸다. 한결같이 고마워했다 온 몸이 두 동강 난 교
통사고 여고생까지

A-13

갈게요

그의 등을 흔들어 깨웠지만 그는 그의 아내의 품에 안
겨 곤히 잠들어 있다 아이들도 카카오 이모티콘 인형을
안고 잠이 들었다.

그래 잘 시간이니까

산사람은 자야지

그는 따듯하고 부드러운 사람처럼 보였다.

그는 전생에 바닐라 웨하스를 많이 나눠준 사람처럼 보
였다.

루비와 조약돌은 침묵으로 내 팔을 베고 누워있다.

죽음의 약물이 몸속으로 잘 퍼졌구나

어젯밤 그의 가족들의 목소리가 귓불 가까이 들려왔다.

그와 그의 아내와 그의 아이들은 신성한 조각상처럼 생각이 변하지 않았다.

때로는 내가 그의 가족이었다가

때로는 그가 나의 독약이 된다.

사는 건 그런 것이라는 걸 알고 있었기에 다행히 관 안은 눈물로 축축하게 젖는 일이 없다.

A-14

우리는 사랑하는 시늉을 하느라 침대 위를 뒹굴고 외로움은 찌고 말린 말미잘 홍삼처럼 파란 제비꽃 카펫 위에 널려 있지 사각팬티는 어디로 갔는가 처음부터 입지 않은 팬티를 어디선가 찾아 좁은 입구를 기웃거리고 우리는 사랑하는 시늉을 하느라 전 생애를 보내고 있어 다른 일을 했더라면 하는 어쭙잖은 후회 따위는 없으리 제비꽃 접시에 풀어놓은 향들이 고향을 찾아가고 있어

A-15

새벽 다섯 시 관이 닫히고 그가 천천히 호흡하는 소리가 관 속으로 스며들었다.

이게 죽은 거야 정말 시시하군 뭐야 숨 쉬는 소리까지 다 들리잖아 내가 초감각적인 귀를 가지기라도 했단 말이야 나는 귀를 만져보았는데 귀가 느껴지지 않았다. 뭐야 이래서 귀신인거야 나는 거칠게 관 뚜껑을 밀었다. 잠시 관이 시소처럼 기우뚱거렸지만 어떤 차에 실리는 소리가 들렸다. 그와 그의 아내와 아이들의 귀여운 숨소리도 들렸다. 루비야, 조약돌아 이제 정신이 드니? 눈을 떠보렴 그들은 말이 없다 죽은 강아지와 고릴라는 말이 없다. 죽음은 그들의 혀를 삼켰다.

A-16
파란 나비였다
포르릉 포르릉
날개 끝 레이스가 아름다운 나비였다
포르릉 포르릉
눈을 떴다
파란 나비는 손 안에 축축하게 젖어있다
죽은 것일까
나는 나비를 흔들어 깨웠다

이 집요한 생의 열망

그런데 왜 나는 살고자 하지 않는 것일까

그런데 왜 나는 살고자 하지 않는 것일까

나는 나비에게 연거푸 물었다

나비는 말이 없다

나비는 말이 없다

파란 나비는 연거푸 답했다

파란 못들이 관 안으로 비집고 들어와 목의 혈관을 지
나갔다

푸른 피가 솟아올랐지만 식은땀들은 놀라지 않았다

식은땀에게 먹고 싶은 게 남았다고 고백했다

식은땀은 이제 너무 늦었다고 했다

첫 제사 때 가까운 사람을 찾아가 부탁하라고 했다

나는 할 수 없이 첫 제사가 가까워질 때 그에게 부탁하
리라 마음먹었다

마음을 먹자 일 년이 마음처럼 지나갔다

마음은 있다가 없고 없다가 생겨났다

마음은 낙엽처럼 보이다가 공기처럼 보이지 않았다

누구나 다 마음을 가지고 있었다

그러나 가끔 걸어 다니는 인간들은 누구나 다 마음을
가지고 있다는 걸 모르는 것처럼 보였다

A-17

첫 제사 일주일 전, 나는 그의 꿈속으로 들어갔다. 그
는 그의 아내도 아닌 그의 아이들도 아닌 인간의 곁에 잠
들어있다. 곁은 늘 그리운 것이니까 나는 늘 그를 잘 이
해했다 정확하게 말하자면 나는 그가 늘 이해가 잘 되었
다. 텔레비전은 지그재그 선을 그으며 놀고 있다. 가끔 점
자 같은 물체들이 화면을 백상아리처럼 삼키고 있다. 마
룻바닥의 오줌 냄새가 그의 곁을 맴돌게 했다. 저 오줌들
을 어떻게 치운담 나는 루비와 조약돌을 불렀다. 그들은
망설임 없이 물청소기로 오줌냄새를 말끔히 치워주었다.
그들은 인간을 원망하지 않는다. 인간들이 불쌍하다고 동
정해준다. 왜 불쌍하지? 물으면 글쎄? 두 손을 넓게 펼치
며 어깨를 치켜세운다. 그럴 때는 꼭 춤추는 박진영처럼
바보스럽고 귀엽다.

A-18

나 : 나야, 나 배고파, 첫 제사 지내줄거지? 먹고 싶은
게 자꾸 많아져 갈비탕 곰탕 설렁탕 우족 꼬리곰탕 김치
사골찜…… 어쩌지 어쩌지 정말 어쩌지

그: 그래 알았어 네가 그리워. 하지만 그리움이란 아무
소용없게 되어버린 승차권이지 뭐가 먹고 싶다고? 바나
나, 치즈, 오렌지, 파인애플, 키위, 복수박, 맨드라미. 소
나무, 칸나, 살구나무……

나: 지상의 언어와 지하의 언어가 격렬한 근육의 차이
를 보여 어쩜 좋아?

그: 내가 알아서 할게

아, 그는 잘 한다 지금도… 내가 알아서 한다는 그 말
아, 그리운 그 말…

이제 제발 그만 해 줄래 그래서 우린 자주 다투었잖아
네가 알아서 해준게 뭐있냐고

너는 아직도 내가 네 사랑이기를 바라는 거니?
죽어서조차 너는 욕심이 많구나

그는 모든 걸 세로로 쪼개는 도끼 같은 존재

그의 옆에 서면 누구든 반으로 쪼개지고 만다.

초록의 피를 보고야마는 그의 도끼는 늘 살아 비행접시처럼 공중을 날아다닌다. 물론 우리의 눈에는 보이지 않게 안전하게 그렇다고 안심하다보면 비행접시가 서늘하게 목덜미를 스쳐 지나가지. 날카로운 칼날처럼 우린 그것을 운이라고 부르지.

A-19

그의 아내와 그의 아이들이 그의 곁으로 다가와 그를 흔들어 깨운다. 그의 곁은 어느새 멀리 사라지고 없다. 그는 베란다에서 창밖을 바라보며 면도를 하고 고무나무 앞에서 아침밥을 먹는다. 오이 어슷썰기한 푸른 넥타이를 고르고 햄스터에게 해바라기 씨앗을 주고 톱밥을 갈아준다. 묵은 톱밥을 쓰레기봉투에 넣어 쓰레기통에 거칠게 집어던진다. 보이는 그의 시간들이다.

A-20

일 년의 시간은 복수박 껍질처럼 얇고 가볍다. 평생의

시간을 모운다해도 몇 통의 복수박에 불과할지 모른다. 그럼 우리는 복수박의 세월을 살아온 것이다. 복수박의 강을 건너온 것이다. 복수와 복수에 이를 갈다 복수박이 된 걸까 복수를 좋아하다 복수가 찬 걸까 복수를 사랑해서 무화과가 된 걸까 꿈속의 꿈속에 세로 수염이 달린 그의 아내가 찾아왔다. 그의 아내의 말씨는 잘 익은 무화과처럼 달콤하고 부드러워서 혹시 여기를 잘 못 찾아온 게 아니냐고 묻기도 했다. 그의 아내는 교정 중인 아래턱을 흔들며 혹시 그를 만난 적이 있냐고 물었다. 나는 이미 죽은 몸이잖아요 그의 아내에게 말했지만 그의 아내는 나를 의심하고 있는 것 같았다. 그의 아내는 어딘가 아파보였다. 검은 눈동자가 보이지 않았으며 입술이 하얗게 메말라있었다. 오직 교정 중인 아래턱만이 온 몸의 힘의 위력을 보여주는 듯 했다. 나는 다시 그의 꿈속에 나타나기로 마음먹었다. 까치와 까마귀들이 검은 마분지 같은 하늘 속으로 들어가더니 밤새도록 나오지 않았다.

A-21
붉은 플라스틱 의자가 바닷가에 서 있다. 나는 부지런

히 카메라 셔터를 누르고 의자도 나도 서로 말없이 바라
보고 있다. 붉은 등대도 노란 등대도 하늘 속으로 날아갔
나 보다 하늘은 온통 어지러운 팔레트가 되어있다. 그의
아내는 내 곁에서 뜨개질을 하며 가끔 포항 하늘을 노려
본다. 하늘은 놀라 그의 아내의 시선을 비켜선다. 그가 죽
은 지 이십 년 그의 아이들은 모두 그가 데리고 갔다. 나
는 어찌하다 다시 살아났는가. 그와 그의 아이들은 어찌
하다 혼령의 신세가 되었는가 그의 아내의 파르스름한 머
리 위로 구름이 펼쳐지고 갈매기 몇 마리 부리 없이 새우
깡을 쪼아먹고 있다

A-22

몰아서 숨을 내쉰다. 숨을 쉴 수가 없다. 푸른 벼들은
가파른 벼랑 밑에서 자라고 있다. 벼여, 너는 숨을 쉬는
가 진지하게 사는 것이 습관이 되어버린 벼는 벼를 그리
워하며 벼를 키운다. 그리워하지 않으면 자랄 수 있는 것
도 없으리. 몰아서 내 쉬는 숨조차도 그를 만나 행복하고
불행했던 기억들을 기억하고 있겠지 이상하다 그렇게 차
갑게 굴었던 우리의 이성은 어디로 간 것일까 그렇게 아,

어머니께 말씀드리죠 모차르트처럼 살았던 젊음은 어디
로 간 것일까

A-23
망치로 새를 내리친다
새 속의 새를 꺼낼 수 있는가
새 속의 새 속의 알은 이미 붕대를 감고 있다

아무도 새 속으로 들어오라 하지 않는다
출구를 알지 못하므로
아무도 망치 속으로 들어오려 하지 않듯이

A-24
해가 자꾸 지워지고 있다. 그를 그리워하는 마음도 이
제 중천에 달했다. 그의 아내도 나도 지쳐갔다. 그런데 우
리는 왜 지쳐 가는지 진짜 이유를 알지 못했다. 그는 사
고 없는데 그의 흔적들은 살아 우리를 물 가득 채운 공중
목욕탕에 집어넣고 정수리까지 누르고 있는 것 같다. 그
래도 바람이 불고 아이스크림은 녹고 있다. 귀 속에서 비

둘기들이 구구거리는 소리가 들리고 몇 장의 나뭇잎과 하얀 솜털 같은 깃털이 거미줄에 걸려있다.

A-25

H병원은 거짓말처럼 깨끗하게 사라지고 그 자리에 원자력 발전소가 들어섰다. 나는 원자력 b자료실에 근무하기로 되어있었지만 첫날부터 가지 않았다. 무책임한 일들이 자주 일어나고 나는 그것을 무책임하다고 느끼지 않는데 회사의 불만이 있는 것 같았다 파의 모가지가 댕강 잘려나가듯이 나는 한방에 보기 좋게 잘렸다. 그의 아내가 그리웠다. 딩동! 아무도 없다 다행이다 그의 아내가 아직 여기 살고 있다.

A-26

밤늦은 바닷가 유람선들이 유령처럼 움직인다. 외국인 노동자가 캔맥주를 하나 건넨다. 마른안주를 놓은 비닐들이 바람에 뒤집어지고 생쥐들이 출몰한다. 이런 형식의 바다들은 날마다 되풀이 되고 있는 것이다. 오늘이라는 내가 여기 앉아 우연히 그것을 바라보고 있는 것처럼 느껴질 뿐 어제의 내가 여기 있었고 모레의 내가 여기 있을 것이다.

A-27

목 없는 새가 한 마리 죽어있다. 몸통의 반만 남은 갈색 줄무늬 아기 고양이가 바다를 향해 누워있다. 방파제는 시선이 없는 시각장애인처럼 서 있다. 외국인 노동자와 나는 새와 아기 고양이를 종이컵에 담아 바닷가로 내려가 바다의 물결 위에 띄웠다. 밀려오는 파도에 종이컵은 해안으로 밀려왔다. 마주보던 우리는 동시에 종이컵을 들어 멀리 멀리 던졌다. 수평선조차 보이지 않는 까만 밤바다에 가끔 푸르게 보이던 저녁하늘은 착시현상이었을까

A-28

무지개 조개 속에는 그가 살고 있다. 나는 밤새도록 무지개 조개를 삼베로 치장하느라 바빠졌다. 기대힌 무지개 조개는 이 세상의 모든 삼베를 다 삼키려든다. 무지개 조개를 밤새 어루만지다 꿈에서 깨어났다. 밥이 끓고 있고 개들이 짖고 있다. 누군가가 죽었는데 누군가가 죽었

는지 알지 못하는 시간들이 흘러가고 있다. 선풍기는 목이 꺾여있고 에어컨 실외기의 호스는 끊어져 있다. 텔레비전 뉴스는 발암 생리대와 살충제 계란들로 앵커들이 바빴고 때마침 김정은이 괌 코앞에 미사일을 쏘아 올렸다. 그 모든 일들이 머릿속에서 살아있다 지워지고 지워졌다 다시 살아났다. 젖은 눈동자 속으로 수많은 노란 병아리들이 검은 비닐봉투를 뒤집어쓰고 삐약삐약 발끝까지 다가왔다. 나는 기꺼이 그들의 먹이가 되길 진심 바랐지만 그들은 바람의 먹이가 되길 바라는 것 같았다.

A-29

그와 그의 아이들이 F공원에서 만나자고 했다.

당신은 늙지도 않군요

당신도 그렇군요

쌍둥이 아이들은 여전히 머리에 커다란 블루리본을 하고 있었다.

죽은 자는 늙지 않지요

시간이 멈추어 선 자라고나 할까요

아내는 잘 지내나요?

아내는 여전히 꽃잎이 달린 겨울 가죽부츠를 만들고 있
어요

나도 제비꽃 부츠 선물 받아 본적 있어요

아내의 솜씨는 탁월하지요

발뒤꿈치와 발목이 구름에 앉은 듯 편안하죠

F공원에는 아직 갈 곳을 찾지 못한 빨강 파랑 노랑 감
기몸살 알약 같은 빛깔의 영혼들이 어슬렁거리고 있다.
우리는 버스킹하는 청바지 조끼 영혼에게 레너드 코헨의
'블루레인코트'를 신청하기로 했다. 그는 구멍이 숭숭 뚫
린 물고기 뼈로 만든 기타를 매만지며 나에게 손톱을 하
나 빼달라고 했다. 나는 기꺼이 검지 손톱을 빼서 그의 노
란 손바닥에 올려주었다. 그는 기타를 치기 시작했다. 그
의 목소리는 잘 들리지 않았지만 슬픔을 간직하고 있다는
것이 느껴졌다. 중음中陰을 벗어나지 못하는 영혼들은 늘
그렇듯 외롭고 지치고 배고프고 지저분하고 까칠하다. 검
지 손톱이 없는데 마치 손톱이 있는 듯 손톱 밑이 아려온
다.

A-30

우리는 죽어서 무엇이 되고자 한 것일까 그런데 죽기를
원했던 나는 살아있다. 살아있다고 해서 살아있는 것일
까 살고자했던 그와 그의 아이들은 죽었다. 죽었다고 해
서 죽은 것일까 쉼 없이 휘몰아치는 폭풍우처럼 생각에
나를 맡기는 것은 어리석은 짓이다. 그건 어떤 해결의 섬
으로도 나를 데려다주지 못할 것이다. 나 자신이 나를 해
결할 수 있는 섬이다. 밥을 하고 찌개를 끓이고 물고기를
잡고 산책을 해야 한다. 그건 동물의 척추만큼 중요한 일
이다. 시간의 내장을 보호해주고 튼튼하게 해준다. 그가
죽고 내가 살았더라도 내가 죽고 그가 살았더라도

A-31

그래, 결국 여기까지 왔다. 나는 그를 만나기 위해 봄
의 산맥을 넘고 겨울 강을 건넜다. 그가 사는 곳은 봄도
겨울도 없었다. 그의 얼굴은 화상으로 일그러져 있었다.
손목과 발목은 형체조차 알아보기 힘들 정도로 녹아 있었
다.

견딜 만해?

그 딴 소리 개에게 줘라

그는 담배를 하나 달라고 했다

나는 말없이 그의 이마에 입을 맞추었다

그의 녹아내린 눈꺼풀이 움칠하였다

아파?

그 딴 소리 고양이에게 줘라

그는 다시 담배 하나를 더 달라고 했다

담배는 그의 형체조차 없는 손 안에서 보물처럼 꼭 붙들려 있다

담배는 고독할 것이다

담배는 지옥의 담을 넘어 뛰쳐나오고 싶을 것이다

그러나 이미 담배는 그의 손 안에 꼭 붙들려 있다

이미 형체도 없이 사라진 손이지만 손은 손이다

나는 그 손을 존중하는 법을 알고 있다

A-32

거리를 뒹구는 신문에는 시리아 난민들이 죽은 어린 아이들을 껴안고 울부짖고 있다. 나는 손이 시리다는 것을 느끼지 못하고 있다. 겨울이 임박했다. 겨울 속에 금 간

거울이 보이고 금 간 거울 속에 어떤 한 남자가 아기를 낳고 있다. 옆에서 손을 꼭 잡아주는 몸짓이 옆으로 문어처럼 펼쳐져 있는 사람이 안타까운 눈길로 바라보고 있다. 사는 일을 말로 표현할 수 없을 때 문자는 자유롭다. 문자는 여기저기 휘날린다 잘 마른 머리카락처럼. 드라이기 파는 가게는 늘 물기가 메말라있어 방금 꺾은 붉은 장미꽃 한 송이라도 꽂아놓고 싶다. 장미는 온유함을 의미한다는 것을 안 지가 얼마 되지 않았다고 공중에 긁적거린다. 공중의 벽은 밤새 성홍열로 펄펄 끓다가 식은 이마처럼 차갑다.

A-33
운에 맡기고 싶어
어쩌다 이런 말이 튀어나왔을까
그가 사라지고 없는 저녁의 F공원
지독한 허기가 밀려든다.
나는 허겁지겁 공원을 빠져나와
푸짐한 집으로 들어갔다.
메추리알, 삶은 털게, 오이냉채, 파전, 두부김치

모든 음식이 거침없이 입안으로 들어갔다.

혀는 움직였고 식도는 거대한 방을 내어주었다.

오늘 밥 먹었다고 내일은 밥 안 먹나요?

마음자리 비움 공부를 날마다 하라는 교무님의 당부가 떠올랐다.

마음이 비워진 자리는 어떤 자리일까

이미 그 자리에 와 있는데 그 자리임을 모르는 것은 아닐까

그것이 인간의 어리석음이라면 인간의 어리석음이겠다 싶었다.

그래서 인간이 더 좋았다

내가 여기 남아있는 까닭을 소중한 오후야 너는 알겠지

A-34

그가 내 몸 속으로 들어왔다.

잘 삶긴 메추리알 껍질이 벗겨지듯 자연스럽게

그의 몸은 언제나 뜨겁고 단단하다.

그러면서도 말랑하고 부드럽다

그의 몸은 도끼에 찍히다 만 청단풍나무를 닮았다.

도끼에 찍혀 그 상처를 안고 자라며 더 튼튼하게 자란 나무였다.

　그 옆에 소담스런 수국이 자라고 하얀 치자 꽃이 향기를 내뿜었다.

　치자 꽃은 화상을 잘 입는 꽃

　꽃잎을 만지면 금방 누렇게 화상을 입고 시든다.

　그가 나에게로 오는 절차는 간단하고 빠르다.

　그리고 잘 부푼 아이스크림을 먹어야 한다.

　A-35

　오페라가 공중에서 흘러내린다

　너는 어디로 갔나

　나는 어디로 갔나

　알 수 없네

　알 수 없네

　지금 여기 서 있다는 사실 외에는 아무 것도 알 수가 없네

　우린 번개였나봐

　우린 물방울이었나봐

우린 아무 것도 아니었나봐

그는 성기를 핥으며 끊임없이 흠흠거렸다.

나는 공중에 얼어붙은 문장들을 끌어당겨 이어붙이는 놀이를 이어갔다.

문장들은 현관문 뒤에 서 있는 빈 우유갑처럼 가장자리부터 시들어갔다.

아프지마

아프지마

울음소리가 터져 나오려는 입을 막았다.

씹년아

씹새끼야

우리들만의 가파른 절벽 같은 목소리가 성대 밖으로 피투성이 새처럼 터져 나왔다.

A-36

그는 여름의 신발을 신고 있었고 겨울의 곰탕을 좋아했다.

그는 시곗바늘 속으로 쉽게 들어갔다 나왔다.

나는 그를 황금슈크림이라고 불렀다.

그는 그 언어의 부드러운 근육을 사랑했다 지극히

그도 나도 그의 아이들도, 그의 아이들의 머리 위에 앉아있는 커다란 블루리본도, 보랏빛 제비꽃 달린 가죽부츠도, 오렌지빛 노을이 어둑어둑 무채색으로 변해하는 F공원도 어눌한 말더듬이처럼 G마트 화단에 버려져 있다 구청 청소과 직원이 빗자루를 들고 우리를 쓸어 담았다. 인생은 그렇게 간단한 것이다.

A-37

그의 혀가 내 입 안에서 뱀처럼 꿈틀거렸다.

그의 아이들의 혀들이 뱀처럼 살아 움직였다.

천장을 타고 오르고 굴뚝을 휘감고 있었다.

그의 아내가 내 입 안으로 혀를 집어넣었다.

혀는 뜨겁고 간절했다.

그의 아이들이 내 몸 위로 기어 올라왔다.

눈이 떠지지 않았다.

그가 끈적이는 구름 속에서 긴 혀를 잘 익은 치즈처럼 포크에 돌돌 말았다.

오렌지 푸딩 같은 유성을 가득 실은 마차들이 실핏줄이

비치는 투명한 연한 살굿빛 귀 옆을 지나갔다.

A-38
인간의 얼굴은 평화롭다.
인간이기에
인간이기에
인간임을 알기에

이 세상을 사랑해서 열심히 살았다.
후회 없이

안녕
다시는 태어나지 않으리

행복했던 시절도 행복하지 않은 시절도 모두 이름뿐이
라네

숲이여
열매여 안녕

〉
풀벌레여
바퀴벌레여
모두 안녕

복숭아도 살구도 모두 이름 뿐
이제 편안히 돌아간다네
원래의 무無의 모습대로

없지만 있고
있지만 없다네

가까이도 멀지도 않은 곳

보랏빛 제비꽃 달린 가죽 부츠 한 켤레여.

이미지 바다를 오딧세이처럼 항해하다

김백겸 (시인)

서경敍景 이미지

> 매미 소리가 서쪽하늘 한 시 방향에서 동쪽하늘 세 시 방
> 향으로 옮겨갔다
>
> 서걱서걱 풀 베어 먹는 벌레들의 모습이 생생生生하게
> 보였다
>
> 풀의 향기가 온 몸으로 스며들었다
>
> – 「귀- 입추」 전문

고전시가는 서경이미지를 통해 서정을 전달하려는 전략 속에
있다. 현대시는 낯선 서경이미지를 통해 낯선 깨달음을 전달하
려는데 있고 위 시도 이런 의도를 가진다. '매미 소리가 서쪽하
늘 미시未時에 들렸다'는 청각이미지를 송진시인은 굳이 "한 시
방향에서 동쪽하늘 세 시 방향으로 옮겼다"는 시각이미지로
바꾸었다. 현대예술은 조형기계 같은 시각이미지의 재현에 더
점수를 주기 때문이다. "서걱서걱 풀 베어 먹는 벌레", "풀의 향
기가 온 몸으로 스며들었다"라는 표현도 그런 예시

송진 시인이 이 짧은 시에서 드러내고자 하는 것은 「귀-입추」라는 언어기호와 지표인가? 시인의 심상이 재현하고자 하는 아름다움인가? 시가 '아름답다는 것'은 독자가 시인이 드러낸 사물의 특정 상태를 공감하는 행위이다. 의사 진단서나 유물 감정 보증서처럼 사회적 약속은 아니지만 적어도 너와 나 사이에는 언어 심장이 뛰는 소리공명을 공유한다는 뜻이다.

인간의 뇌 구조가 대상을 시각화해서-시각적인 언어로 바꾸어서-본다는 것은 감각이미지를 정리하고 경험거울에 비친 의미를 조합해서 재해석한다는 뜻이다. 시각의 생생한 풍경을 낯선 아름다움으로 더 굴절하고자 하는 송진시인은 낯선 언어기호를 조합해서 상징공간을 만들려고 한다. 다음 시를 보자

이미지라는 미각 뷔페의 효용

저녁 시간은 넉넉한 거니? 끊임없이 붉은 원숭이처럼 다가오는 사과의 사과. 너에게 말을 거는 존재는 이불을 뒤집어쓰면 보이는 거인의 홍채. 그 속에 빛나는 설국. 고요 속에 빛나는 태양. 누군가의 손이 이불을 벗기고 다시 이불을 뒤집어쓰고 베이비 베이비 나의 베이비 이불 밑은 뜨거웠어. 손길이 닿을 때마다 움츠러드는 꽃잎들. 저녁 식탁의 불빛에 은은히 비치는 백자꽃병은 깨어지기 쉬워. 거인의 입안에 들어간 엄마의 반지처럼 굴러다니는 포도알 한 방울의 눈물로 가득 채워지는 꽃병 속의 물. 옴비사르카다비카 옴비사르카다비카 비의 겨드랑이여! 주문을 외는 마녀는 어김없이 죽음의 비를 부르고 녹물은 흘러내려 녹물은 흘러내려 분홍빛 패랭이 접시의 찢어진 가로의 시간을 항문부터 물들인다.
저 년 시간은 넉넉한 거니?

—「분홍 패랭이꽃 접시에 담긴 호박고구마 3분의 2의 알몸,
반쯤 짓이겨진 딸기 그리고 스물 네 개의 포도알」 전문

이 시가 나열하고 있는 이미지들을 보자 「분홍 패랭이꽃 접시에 담긴 호박고구마 3분의 2의 알몸, 반쯤 짓이겨진 딸기 그리고 스물 네 개의 포도알」제목부터 이미지들이 늘어선 뷔페 같다. 독자는 무엇부터 먹어야 미각의 효용이 극대화될까? 하는 망설임에 처한다. 이미지의 나열은 유아가 웅얼거리는 방언 같기도 하다. 이미지가 상징 의미의 생명력을 가지려면 공동체가 약속한(학습한) 상징언어를 차용해야 한다. 상징의미를 배재한 사유화된 시선이 예술 개성으로 인정받고자 한다면 그 독창적 수사를 어떤 방식으로든 독자가 수용해야 한다

이 시는 독자의 배경지식으로 의미망을 구성할 수도 있다. 카트린느 디뇌브 주연의 「세브린느」를 빌려오기로 하자. 소설 「메꽃」이 원작인 이 영화는 소녀시절 배관공에게 성폭행당한 트라우마가 있는 세브린느가 남편과의 정상적인 성생활이 불가능해서 평일 오후 사창가에 출근해서 오르가즘을 느끼는 비극스토리이다. 내용은 포르노 영화같은데 감독의 뛰어난 이미지처리와 스토리전개로 관객은 세브린느의 윤락보다는 그 내면세계의 순수한 아름다움에 더 주목하게 된다. 세브린느의 윤락가 예명은 낮에만 피고 저녁에 지는 메꽃.

「세브린느」를 읽은 독자는 이 시를 성폭행 사건의 다른 버전으로 상상해서 독해할 수 있다. '호박고구마의 3분지 2의 알몸', '반쯤 짓이겨진 딸기', '스물 네 개의 포도알'같은 이미지들은 그러한 상상으로 몰아가는 이정표가 된다.

이 시는 배경의 스토리텔링보다는 언어의 수사가 빛난다. "이불을 뒤집어쓰면 보이는 거인의 홍채. 그 속에 빛나는 설국. 고요 속에 빛나는 태양." 이미지들이 끌어오는 재현세계는 성폭행 사건이라는 현실의미를 꿈의 환상으로 인도한다. "한 방울의 눈

물로 가득 채워지는 꽃병 속의 물"도 현실을 유미주의 시각으로 처리한 표현. 「세브린느」의 촬영기법도 감독(시인)의 의식의 흐름을 쫓아가는 유미주의 시선 때문에 아름다웠던 기억이 있다. 이 시와 「세브린느」의 공통점은 시인(감독)의 집요한 무의식적 정열에 있다. 이미지로 무의식의 어두운 심연과 의식의 태양 지평 사이에 통로를 뚫으려는 노력. 독자(관객)는 그 정열을 알아차릴 때 낯선 이미지의 풍경들을 미의 지평으로 수용하는데 인색하지 않게 된다.

환상욕망과 기표 감시

> 모래사장에는 세 명의 아랍여성들이 달빛에 푸른 싹 틔운 물비늘처럼 웃고 있다 두 명의 여자 아이들이 샴쌍둥이처럼 모래사장에서 일어섰다 누웠다를 반복했다 한 여자가 일어나 금강경을 암송했다 한 여자가 일어나 꾸란을 암송하였다 한 여자가 일어나 구약성서를 암송했다 어떤 수녀가 지나가면서 뜨개질실과 대바늘을 어디서 파냐고 물었다 한 여자가 달빛 촉촉이 젖어 있는 모래사장에 맨발로 조용히 들어가 가부좌 틀고 참선에 들어갔다 한 여자가 이동 화장실에 들어가 전신수영복 부르키니를 입고 나왔다 한 여자가 실오라기 하나 걸치지 않은 알몸으로 천천히 오후 여덟시 삼십분 사십 오초 사의 바다 속으로 걸어 들어갔다 샴쌍둥이 같은 두 명의 여자아이들이 서로의 갈래머리에 모래를 끼얹으며 킥킥 웃었다 황금늘녘에 내려 앉은 해오라기의 하얀 날개처럼 해맑은 웃음이었다 어떤 수녀가 뜨개질실과 대나무바늘을 들고 달맞이 언덕위의 집으로 올라갔다 난향 같은 보름달은 출항한 안개처럼 짙었고 난향의 이름은 금기라고 적힌 현수막이 생일요트선 착장에 먼저 도착해있다
>
> – 「나의 이름은 금기– 환상의 형식 13」 전문

'금기'라는 말에는 쾌락이 수면아래 숨어있다. 송진시인은 현실세계 금기 속에 사는 "세 명의 아랍여성"을 배치한다. 아랍여성들이 금강경과 꾸란과 구약성서를 읽는다는 표현으로 시인은 종교 금기 속에 있는 여자들(시인의 내면 상태를 투영한)을 암시한다. 현실 금기 속에 있는 여자들은 무의식 수면아래 쾌락환상을 가지기에 시에는 "실오라기 하나 걸치지 않은 알몸여자"가 바다 속으로 들어가는 장면이 등장한다. 또한 해변에 "두 명의 여자아이들"이 "황금들녘에 내려앉은 해오라기의 하얀 날개처럼 해맑은 웃음"을 짓는 에덴 황금이미지가 등장한다.

송진시인은 금기 속에 있는 수녀들과 금기 제약을 벗어난 성인 알몸여자와 순수한 웃음 속의 여자아이를 동시에 병치하고 있다. 시인자신의 과거 투영이겠지만 이 시에는 '순수함'을 드러내려는 시인의 노력이 담겨있다. 환상 이미지의 '순수한 존재'를 영접해 달라는 무의식의 호소를 담고 있다. 그 서술방식이 미칠 듯한 기쁨이나 견딜 수 없는 고통의 감정을 드러내는 것은 아니다. 드라이한 서술 속에는 "난향 같은 보름달은 출항한 안개처럼" 같은 객관적 이미지의 깊은 감정이 숨어 있다. 송진 시인의 환상이 도착한 공간은 "금기라고 적힌 현수막이 생일요트 선착장에 먼저 도착해 있는" 곳이다.

허구적 상상의 기표들이 있는 이 공간은 시인이 있는 현실공간의 저 너머에 있다. 그 공간이 시인의 의식에서 '읽어버린 낙원'에 대한 향수를 불러왔다는 생각. 시인의 환상은 기표의 감독 아래 있고 환상욕망과 기표 감시는 언제나 픽내적이어서 서로를 혐오하는 시선으로 바라보기도 한다. 시인은 이 적대적 감정을 화해시켜야 하는데 환상의 세찬 해일 속에서 시인자신이 환상의 희생자(혹은 방황자)가 될 수도 있다. 이 시집에 수록된 '화상의 형식'이라는 부제가 붙은 송진 시인이 일련의 긴 연작시들을 보면서 느낀 생각.

알고리즘이 상상한 세계?

> 나에게 갔을 때 나의 몸은 따듯했다 나의 따듯한 몸을 누
> 군가가 다가와 염을 하기 시작했다 '나는..아직 따듯해
> 요..' 나의 몸속에 있는 목소리가 몸 밖으로 나가지 못했
> 다 아직 따듯한 나는 탈지면을 먹어야 했고 굵은 천일염
> 소금을 먹어야 했고 손톱 발톱을 깎는 중이어야 했다 하
> 얀 면장갑이 아직 따듯한 나의 손등을 덮고 하얀 버선이
> 아직 따듯한 나의 발등을 덮었다 '나는..아직...따듯해
> 요...' 아직 따듯한 나는 기저귀를 차고 오렌지빛 한복을
> 입었다 아직 따듯한 나는 오렌지빛 한복을 좋아했다고 나
> 의 나가 울먹이며 말했다 아직 따듯한 나의 목에 변성기
> 수술 자국이 반달무늬토기처럼 남아있다 가족 친지 친구
> 모두 모이라고 한다 마지막 인사를 하라고 한다 그들은
> 아직 따듯한 나의 머리카락에 이마에 두 뺨에 코에 인중
> 에 입술에 턱에 키스를 한다 아직 따듯한 나는 얼굴이 전
> 부인 생이 아니었는데 어느새 얼굴이 전부인 생이 되어버
> 렸다 고개 숙여 우는 사람들 등 뒤로 오전 8시 28분 시곗
> 바늘이 아직 따듯한 나의 쌍꺼풀 없는 눈동자에 목테갈매
> 기의 날갯짓처럼 멈춰 서 있다
>
> ― 「염을 하는 시간들」 전문

유체 이탈한 화자는 자신의 장례식을 보고 있다. "나의 따듯
한 몸"처럼 나는 죽은 존재가 아니다. 영혼 화자는 자신의 몸을
이미지로 보고 있다. 영혼과 몸이 분리했기에 몸은 타자이자 이
미지가 된다. "나의 목에 변성기 수술 자국이 반달무늬토기처럼
남아있다"는 객관 상황과 "나는..아직 따듯해요"라는 주관 감정

은 혼합 물감처럼 섞여 삶과 죽음의 혼돈상황을 반영한다. 화자 위치는 삶과 죽음이 분리하는 순간 즉 낮과 밤사이 황혼에 있다. 시간 혹은 운명의 황혼이란 안락함인가 두려움인가? 미련인가 슬픔인가?

영혼불멸사상은 산업사회이전까지 동서양을 지배한 이념이다. 죽음 불안이 종교를 만들고 천국과 극락이라는 저 세상 스토리를 창조했다고 진화생물학자들은 말한다. 유물론자들은 인간 몸과 정신이 알고리즘의 반영이라고 말한다. 인간은 욕망하는 기계(알고리즘)이기에 가능성의 환상스토리를 만들고 죽음 너머의 위안을 찾아 영혼불멸을 믿는다고 해석한다.

영혼불멸의 극단적 신념이 파드마 삼바바의 『티벳 사자의 서』에 나와 있다. 유체 이탈한 영혼은 49일 중음中陰을 거쳐 다음 생에 환생하기에 죽을 때 마지막 생각이 중요하다고 가르친다. 『법구경』은 '우리의 모든 것은 우리가 생각한 것의 결과이다'라고 말하고 구약 『잠언』도 '인간은 저가 마음속에 생각하는 대로 되느니라'라고 말해서 유심론을 간접 암시한다. 종교의 유심론은 이 세계가 불성佛性과 神의 기표상징으로 언급된 우주실체가 정보(혹은 마음)이며 물질구조는 이의 반영reflection으로 본다. 과학유물론은 시공간 내 물질 운동과 인간의 심신이 물질구조에 내재한 알고리즘의 결과로 본다.

그러나 과학적 이성을 신봉하는 시인이라 해도 그 무의식적인 환상은 대개 유심론의 형태라는 필자의 생각. 시인은 그 자신이 상상한 세계를 시 언어로 창조하고 그 세계가 실재하기를 꿈꾸기 때문이다. 힌두신화는 우리 우주가 비슈누가 영겁의 우유바다에서 시간 속으로 줄기를 올린 연꽃 꿈이라고 말한다. 신화와 시인의 상상은 같은 구조를 공유한다. '생각(상상)'

이 만들어 낸 세계를 믿기에. 송진시인의 「염을 하는 시간들」
도 '생각한 것'의 결과라는 필자의 생각. 그 세계가 비슈누의
꿈처럼 장대한 것인가 시인 자신의 개인 환상인가의 차이는 있
겠지만.

「중도」라는 개념시

동쪽에서 햇살이 쏟아졌으므로 거위들이 날개를 펴고 훨훨
날아갔습니다 거위들이 날개를 펴고 훨훨 날았으므로 연못
에 흰 알이 떨어졌습니다 연못에 흰 알이 떨어졌으므로 개구
리들이 흰 알 위로 뛰어 올랐습니다 개구리들이 흰 알 위로
뛰어올랐기에 파문이 생겼습니다 파문이 생겼기에 연못 가
장자리의 풀들이 씻어졌습니다 풀들의 얼굴이 씻어졌기에
이슬들이 놀라서 연못 밖으로 뛰어내렸습니다 이슬들이 놀
라서 연못 밖으로 뛰어내렸기에 쑥들이 쑥 땅 위로 솟아올랐
습니다 쑥들이 땅위로 쑥 솟아올랐기에 산책 나온 송아지들
이 쑥을 먹습니다 산책 나온 송아지들이 쑥을 뜯어 먹었기에
똥에 쑥이 섞여 나왔습니다 똥에 쑥이 섞여 나왔기에 자줏빛
감자들이 모여들었습니다 자줏빛 감자들이 모여들었기에 자
줏빛 감자꽃이 피었습니다

－「중도」 전문

'이것이 있기에 저것이 있다'는 불가의 연기緣起사상을 반영하
고 있다. "개구리들이 흰 알 위로 뛰어올랐기에 파문이 생겼습니
다 파문이 생겼기에 연못 가장자리의 풀들이 씻어졌습니다 풀
들의 얼굴이 씻어졌기에 이슬들이 놀라서 연못 밖으로 뛰어내
렸습니다"는 서술을 본다. 문장표현은 그 구조상 시간의 경과를
반영한 순차형식의 경과로 쓰여졌다.

순차형식 사건A, 사건B, 사건C, 사건D는 시간이 공간의 다른 표현이라는 위상학적 시각과 연기사상을 중첩했을 때 원인과 결과가 동시에 일어나는 사건으로 해석할 수도 있다. 불가에서 '공空'이라 이름 붙인 세계본성은 참으로 이상한 정의이다. 「중론中論」을 쓴 나가르쥬나는 '공空'은 모든 것의 상호의존을 나타내는 개념일 뿐 "이라고 해서 연기緣起의 다른 측면으로 해석한다. 불가의 중도中道는 천태종의 삼제원융관三諦圓融觀에서 진제眞諦의 공空, 속제俗諦의 가假, 비공비가非空非假의 중中이라는 제법실상이 원융무애圓融无涯로 존재함을 드러내는 개념. 이런 어려운 개념형식이 등장한 이유는 우주자체가 과학언어의 극대와 극소의 극한마저 뛰어넘는(인간의 인식개념을 초과하는) 자장에 있기 때문이라 생각한다.

　송진 시인이 제목을 「중도」로 붙인 의도는 연쇄인과형식의 시의 표현들이 속제俗諦의 연기緣起와 진제眞諦의 공空이 진리개념을 동시에 암시한다는 일종의 개념시로 창작했기 때문이라 생각한다. 마르셀 뒤샹이 변기에 「샘」이라는 이름을 붙여 개념미술을 창안한 것처럼.

텍스트text의 즐김jouissance

두두두두두둑
두두두두두둑
휘리리리릭
휘리리리릭
부르르룽
부르르르룽
휭휭휭

부아아아아앙
부아아아아앙
뚝뚝뚝뚝뚝
통통통통통

컴퓨터 자판과 물방울 소리와 새소리와 새벽의 입김과 사
람의 목소리와 휴대폰 신호음과 승용차 화물차와 트럭과
레미콘과 굴삭기와 오토바이 소리가 어우러져 퓨전음악
이 펼쳐진다

빗방울은 잎사귀에게 탄력을 받고
잎사귀는 빗방울에게 탄력을 받고

자판기는 손가락에게 탄력을 받고
손가락은 자판기에게 탄력을 받고

그것은 생명을 부여 받는 것

그것은 진정한 목소리를 부여 받는 것

누구의 간섭도 아닌
스스로의 무늬

– 「장마, 그 잎새의 탄력성– 협동조합의 날」 부분

이 시는 어떤 언어적 유희(즐거움)을 의도하는가? 의성어는 사
물과 사물이 부딪히는 소리감각을 통해 그 사물들의 물리적 관
계를 암시한다. "두두두두두둑"은 독자의 오독에 따라 빗방울
이 양철지붕에 떨어지는 소리, 텐트의 이음매가 뜯어지는 소리,
전기 재봉틀이 옷감의 솔기를 박는 소리로 들을 수 있다. "통통

통통통"은 농구공이 시멘트바닥에서 튀는 소리, 디젤엔진을 장착한 고깃배가 어항부두를 출발하는 소리, 장난하는 소년이 양철 양동이를 두드리는 소리로 연상할 수 있다.

송진 시인은 2연에서 "컴퓨터 자판과 물방울 소리와 새소리와 새벽의 입김과 사람의 목소리와 휴대폰 신호음과 승용차 화물차와 트럭과 레미콘과 굴삭기와 오토바이 소리가 어우러져 퓨전음악"이 발생한다고 의성어들의 지시사물을 말한다. 그러나 독자는 각자 경험에 의한 의성어들의 다른 사물지시를 상상함으로서 시인 의도와는 다른 억견doxa으로 텍스트를 읽을 수 있다. 텍스트는 이미 작품이 아니기에 '저자의 죽음'과 '독자의 탄생'이라는 바르트의 명제가 이 지점에서 생각난다.

롤랑바르트는 『텍스트의 즐거움』에서 말한다. '내게 즐거움을 주는 텍스트를 분석하려할 때 마다, 내가 발견하게 되는 것은 내 주관성이 아닌 개별체이다. 그것은 내 육체를 다른 육체들과 분리시켜 내 육체에 그것의 고통, 또는 즐거움을 적응시키는 소여이다. 그러므로 내가 발견하는 것은 내 즐김의 육체이다.'

바르트는 텍스트의 글 읽기 체험을 즐거움plaisir과 즐김jouissance로 구분한다. 즐거움의 텍스트는 고전과 문화가 전승한 의미의 자장 속에 있기에(말해 질수 있기에) 행복한 텍스트이다. 그러나 즐김의 텍스트는 독자의 역사적 문화적 가치관과 언어관을 전복하기에(말해 질 수 없기에) 이 텍스트를 분석하거나 말할 수는 없으며 다만 그것을 쓰는 것만이 가능하다. 이 두 가지가 글쓰기의 상호부완적 즐거움이긴 하지만 첫 번의 의성어들은 시인의 욕망이 어떤 쪽에 기울어져서 쓴 텍스트일까?

이 시집에서 드러난 송진시인의 작품은 대부분 언어실험(혹은 이미지의 실험)의 시니피앙signifian들을 직조해서 보여주고 있다. 총

체적이고 단일한 의미의 작품 보다는 '텍스트'를 제시해서 텍스트 자체의 의미 흔들림과 이미지 부딪힘이 가져오는 상상의 파문 혹은 인지의 이탈이라는 즐김joissance를 유도하는 전략을 취하고 있다. 그러나 모든 시들이 그렇지는 않다. 다음 작품은 재현의 즐거움plasir에 충실하게 쓰여졌다

나르시스

물푸레 나뭇가지에서
연초록 잎이 태어나고

꽃이 피고 열매가 열리듯
사랑은 그렇게 온다네

향기롭고 어여쁜 사랑은
산을 넘고 강을 건너

오래오래 간다네

석류빛으로 불타오르는 노을도
황금빛 너른 들판도

모두 사랑이라네

사랑은 그렇게 소리 없이 밤새 내리는 눈처럼 문을 두드린다네

− 「사랑」 전문

시가詩歌의 기원이 샤먼들의 주술과 신탁이라는 해석과 남녀

의 에로스라는 해석이 있다. 『시경』 삼백수 시가詩歌는 남녀 간의 성적인 그리움을 노래한 내용이 많다. 공자가 사무사思無邪라고 평한 언술을 필자는 유가적인 윤리보다는 성정性情의 자연스러움을 의미한 것으로 해석하고 싶다.

플라톤『향연symposion』은 에로스의 기원이 양성구유의 인간이 신들의 지위를 넘볼까 우려한 제우스가 남자와 여자로 짝을 갈라놓은 데서 출발했다고 말한다. 이 우화는 에로스의 격정을 의미한다. 어떤 형태든 사랑시를 안 써본 시인들은 없다. 그리스 시대 사포로부터 미국의 엘리자베스 비숍까지 그 호소는 유전자의 욕망과 디자인에 의해 세대를 건너 메아리 친다.

송진 시인『사랑』은 익숙한 문법이다. 이 시집에서 매우 이색적인 서정시의 전범典範같은 시이다. 선배시인들이 노래한 같은 패턴의 동일한 주제를 계속 드러낸다고 해서 시의 참신성이 떨어지는 것은 아니다. 독자는 그 텍스트를 자신의 삶에 끌어들여 개별적이고 고유한 사랑의 경험을 다시 체험하기 때문. 보르헤스는「문학을 말하다」에서 모든 문학은 열 몇 가지의 원형주제를 되풀이 한다고 한다. 사랑과 에로스도 그중의 하나.

"석류빛으로 불타오르는 노을도/황금빛 너른 들판도//모두 사랑이라네" 표현을 보자. 라깡의 해석으로는 사랑은 타자의 거울에 비친 주체, 자기 자신을 사랑하는 에로스이다. 이 해석으로는'불타는 노을'과 '황금빛 들판' 아름다움은 대상에 투사한 송진시인의 나르시스이다. 내가 아름답기에 대상이 아름답다. 내 욕망의 높이가 대상으로부터 확인되고자 하는 내 아름나움의 높이이다. 텍스트라는 우물에 비친 시인 자신의 욕망을 사랑하는 순간이 또한 시이다.

시적 진실

인간의 얼굴은 평화롭다.
인간이기에
인간이기에
인간임을 알기에

이 세상을 사랑해서 열심히 살았다.
후회 없이

안녕
다시는 태어나지 않으리

행복했던 시절도 행복하지 않은 시절도 모두 이름뿐이라네

숲이여
열매여 안녕

풀벌레여
바퀴벌레여
모두 안녕

복숭아도 살구도 모두 이름 뿐
이제 편안히 돌아간다네
원래의 무無의 모습대로

없지만 있고
있지만 없다네

가까이도 멀지도 않은 곳

보랏빛 제비꽃 달린 가죽 부츠 한 켤레여.

– 장시 「인간의 얼굴」 중 A-38

장시 「인간의 얼굴」 마지막 章을 골랐다. 이 시집의 마지막 부분이기도 하다. 송진 시인의 많은 시편들과 38章에 이르는 장시에서 송진시인이 말하고자 하는 주제는 무엇일까? 다양한 이미지들을 드러낸 텍스트에서 송진시인이 지향하고자 하는 시적 태도는 무엇일까?

기표들로 드러낸 이미지들이 있고 이미지들은 '이것이 시인이 말하고자 하는 의미야'라고 단정하기 어려운 수수께끼의 상상력을 포함하고 있다. 필자는 지금까지 송진시인의 시속에 드러난 이미지의 바다를 오딧세이처럼 항해해서 마지막 시에 이르렀다.

개인적으로는 이 마지막 시의 리듬과 알레고리의 주제가 마음에 든다. 마치 사이렌의 유혹과 죽음의 사랑을 거쳐 고향에 이른 방랑자의 심정처럼 이 시를 읽으면서 긴 시편들을 읽으면서 수고로웠던 마음이 편해졌다. 이 시의 주제는 명확하다. 인생의 얼굴은 "행복했던 시절도 행복하지 않은 시절도 모두 이름뿐이라네"라는 언명. 이 세상의 실체는 "무無"의 기표라는 인식. "복숭아도 살구도 모두 이름 뿐/ 이제 편안히 돌아간다네/ 원래의 무無의 모습대로"라는 탄식을 통해 인생과 이름의 가면을 쓰고 태어난 텍스트의 허무를 말한다.

"없지만 있고/있지만 없다네"는 진술을 보자. 비유도 없고 이미지도 없다. 머리 아픈 상상력을 굴려 끌어와야 하는 복잡한 배경지식도 없다. 우리가 학습한 철학적 명제들을 한 문장으로 요약해서 이 시이 자연스러운 꿈위를 드러낸다. "가까이도 멀지도 않은 곳"이라는 무심한 진술은 김소월의 '산에 산에 피는 꽃은 저만치 피어있네"라는 수수께끼의 문장을 상기 시킨다.

흔히 말하는'시적 진실'은 어려운 주제이다. 필자가 읽어본 이

주제에 대한 수많은 해석과 오독의 비평들을 생각하면 더욱 그렇다. 동상이몽일 수 있으나 모두가 동의하는 한 가지 공통사항은 있으니'시적 진실'이 없는 시는 살아남지 못한다는 점이다. 시간이라는 불의 세례를 통과한 인류 문화 정신사에는 결국 살아남은 시와 죽은 시로 갈라진다. 개인적 견해에 불과하겠으나 송진시인의 시가 긴 세월 속에서 살아남는다면 이 시편이 살아남을 가능성이 있다고 생각한다. 송진시인이 지금까지 갈고 닦은 화려한 이미지들을 문화일반이 동의하는 시적 진실에 얹는다면 송진시인의 시적 영혼은 첨단패션의 미스 유니버스와 지혜의 여인 소피아sophia를 한 얼굴에 구비한 야누스에 이르지 않을까?